语言素质教育
精品读本

中小学生诵读名家美文

情与理

鲁迅等◎著

中国文史出版社

图书在版编目（CIP）数据

情与理 / 鲁迅等著 . — 北京 : 中国文史出版社，2019.12

（中小学生诵读名家美文 / 张春霞主编）

ISBN 978-7-5205-1875-8

Ⅰ . ①情　Ⅱ . ①鲁　Ⅲ . ①散文集— 中国— 现代　Ⅳ . ①I266

中国版本图书馆 CIP 数据核字 (2019) 第 284916 号

责任编辑： 徐玉霞

出版发行：**中国文史出版社**
社　　址：北京市海淀区西八里庄 69 号院　　邮编：100142
电　　话：010-81136606　81136602　81136603（发行部）
传　　真：010-81136655
印　　装：北京新华印刷有限公司
经　　销：全国新华书店
开　　本：32 开
印　　张：8.25
字　　数：200 千字
版　　次：2020 年 7 月北京第 1 版
印　　次：2024 年 8 月第 4 次印刷
定　　价：48.00 元

目录 | *Contents*

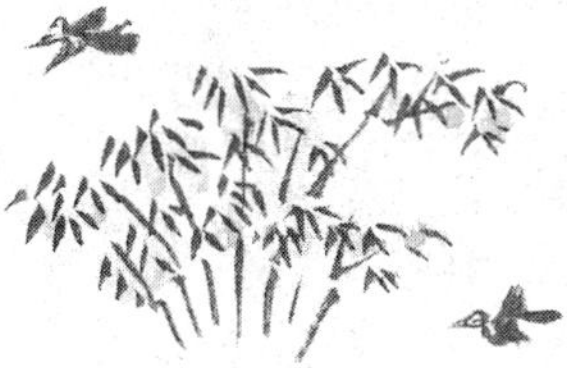

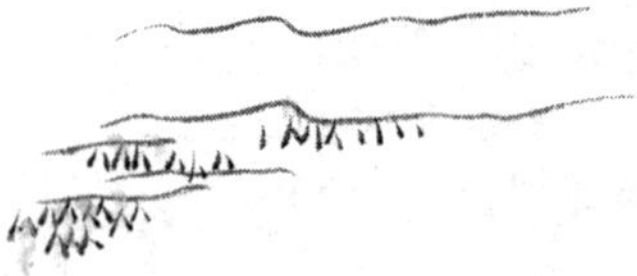

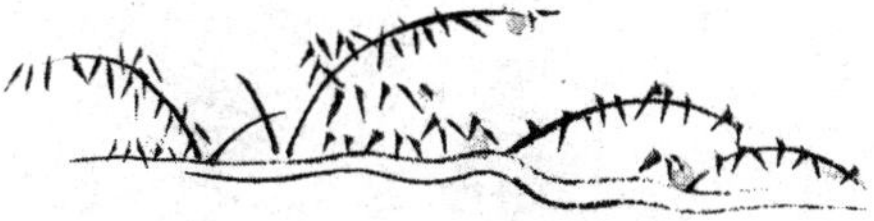

日

巴　金

为着追求光和热，将身子扑向灯火，终于死在灯下，或者浸在油中，飞蛾是值得赞美的，在最后的一瞬间它得到光，也得到热了。

我怀念上古的夸父，他追赶日影，渴死在旸谷。

为着追求光和热，人宁愿舍弃自己的生命。生命是可爱的。但寒冷的、寂寞的生，却不如轰轰烈烈的死。

没有了光和热，这人间不是会成为黑暗的寒冷世界么？

倘使有一双翅膀，我甘愿做人间的飞蛾。我要飞向火热的日球，让我在眼前一阵光、身内一阵热的当儿，失去知觉，而化作一阵烟，一撮灰。

星

巴　金

在一本比利时短篇小说集里，我无意间见到这样的句子：

“星星，美丽的星星，你们是滚在无边的空间中，我也一样，我了解你们……是，我了解你们……我是一个人……一个能感觉的人……一个痛苦的人……星星，美丽的星星……”我明白这个比利时某车站小雇员的哀诉的心情。好些人都这样地对蓝空的星群讲过话。他们都是人世间的不幸者。星星永远给他们以无上的安慰。

在上海一个小小舞台上，我看见了屠格涅夫笔下的德国音乐家老伦蒙。他或者坐在钢琴前面，将最高贵的感情寄托在音乐中，呈献给一个人；或者立在蓝天底下，摇动他那白发飘飘的头，用赞叹的调子说着：“你这美丽的星星，你这纯洁的星星。”望着蓝空里眼瞳似的闪烁着的无数星子，他的眼睛润湿了。

我了解这个老音乐家的眼泪。这应该是灌溉灵魂的春雨吧。

在我的房间外面，有一段没有被屋瓦遮掩的蓝天。我抬起头可以望见嵌在天幕上的几颗明星。我常常出神地凝视着那些美丽的星星。它们像一个人的眼睛，带着深深的关心望着我，从不厌倦。这些眼睛每一霎动，就像赐予我一次祝福。

在我的天空里星星是不会坠落的。想到这，我的眼睛也湿润了。

做一个战士

巴　金

一个年轻的朋友写信问我："应该做一个什么样的人？"我回答他："做一个战士。"

另一个朋友问我："怎样对付生活？"我仍旧答道，"做一个战士。"

《战士颂》的作者曾经写过这样的话：

我激荡在这绵绵不息、滂沱四方的生命洪流中，我就应该追逐这洪流，而且追过它，自己去造更广、更深的洪流。

我如果是一盏灯，这灯的用处便是照彻那多量的黑暗。我如果是海潮，便要鼓起波涛去洗涤海边一切陈腐的积物。

这一段话很恰当地写出了战士的心情。

在这个时代，战士是最需要的。但是这样的战士并不一定要持枪上战场。他的武器也不一定是枪弹。他的武器还可以是知识、信仰和坚强的意志。他并不一定要流仇敌的血，却能更有把握地致敌人的死命。

战士是永远追求光明的。他并不躺在晴空下享受阳光，却在暗夜里燃起火炬，给人们照亮道路，使他们走向黎明。驱散黑暗，这是战士的任务。他不躲避黑暗，却要面对黑暗，跟躲藏在阴影里的魑魅、魍魉搏斗。他要消灭它们而取得光明。战士是不知道妥协的。他得不到光明便不会停止战斗。

战士是永远年轻的。他不犹豫，不休息。他深入人丛中，找寻苍蝇、毒蚊等危害人类的东西。他不断地攻击它们，不肯与它们共同生存在一个天空下面。对于战士，生活就是不停的战斗。他不是取得光明而生存，便是带着满身伤疤而死去。在战斗中力量只有增长，信仰只有加强。在战斗中给战士指路的是“未来”，“未来”给人以希望和鼓舞。战士永远不会失去青春的活力。

战士是不知道灰心与绝望的。他甚至在失败的废墟上，还要堆起破碎的砖石重建九级宝塔。任何打击都不能击破战士的意志。只有在死的时候他才闭上眼睛。

战士是不知道畏缩的。他的脚步很坚定。他看定目标，便一直向前走去。他不怕被绊脚石摔倒，没有一种障碍能使他改变心思。假象绝不能迷住战士的眼睛，支配战士的行动的是信仰。他能够忍受一切艰难、痛苦，而达到他所选定的目标。除非他死，人不能使他放弃工作。

这便是我们现在需要的战士。这样的战士并不一定具有超人的能力。他是一个平凡的人。每个人都可以做战士，只要他有决心。所以我用“做一个战士”的话来激励那些在彷徨、苦闷中的年轻朋友。

朋　友

巴　金

这一次的旅行使我更了解一个名词的意义，这个名词就是：朋友。

七八天以前我曾对一个初次见面的朋友说：“在朋友们面前我只感到惭愧。你们待我太好了，我简直没法报答你们。”这并不是谦虚的客气话，这是事实。说过这些话，我第二天就离开了那个朋友，并不知道以后还有没有机会再看见他。但是他给我的那一点点温暖至今还使我的心颤动。

我的生命大概不会很长久罢。然而在短促的过去的回顾中却有一盏明灯，照彻了我的灵魂和黑暗，使我的生存有一点光彩。这盏灯就是友情。我应该感谢它。因为靠了它我才能够活到现在；而且把旧家庭给我留下的阴影扫除了的也正是它。

世间有不少的人为了家庭抛弃朋友，至少也会在家庭和朋友之间划一个界限，把家庭看得比朋友重过若干倍。这似乎是很自然的事情。我也曾亲眼看见一些人结婚以后就离开朋友，离开事业……

朋友是暂时的，家庭是永久的。在好些人的行为里我发现了这个信条。这个信条在我实在是不可理解的。对于我，要是没有朋友，我现在会变成怎样可怜的东西，我自己也不知道。

然而朋友们把我救了。他们给了我家庭所不能给的东西。他们的友爱，他们的帮助，他们的鼓励，几次把我从深渊的边沿救回来。他们对我表示了无限的慷慨。

我的生活曾经是悲苦的，黑暗的。然而朋友们把多量的同情，多量的爱，多量的欢乐，多量的眼泪分了给我，这些东西都是生存所必需的。这些不要报答的慷慨的施舍，使我的生活里也有了温暖，有了幸福。我默默地接受了它们。我并不曾说过一句感激的话，我也没有做过一件报答的行为。但是朋友们却不把自私的形容词加到我的身上。对于我，他们太慷慨了。这一次我走了许多新地方，看见了许多新朋友。我的生活是忙碌的：忙着看，忙着听，忙着说，忙着走。但是我不曾遇到一点困难，朋友们给我准备好了一切，使我不会缺少甚么。我每走到一个新地方，我就像回到我那个在上海被日本兵毁掉的旧居一样。

每一个朋友，不管他自己的生活是怎样苦，怎样简单，也要慷慨地分一些东西给我，虽然明知道我不能够报答他。有些朋友，连他们的名字我以前也不知道，他们却关心我的健康，处处打听我的“病况”，直到他们看见了我那被日光晒黑了的脸和膀子，他们才放心地微笑了。这种情形的确值得人掉眼泪。

有人相信我不写文章就不能够生活。两个月以前，一个同情我的上海朋友寄稿到广州《民国日报》的副刊，说了许多关于我的生活的话。他也说我一天不写文章第二天就没有饭吃。这是不确实的。这次旅行就给我证明：即使我不再写一个字，朋友们也不肯让我冻馁。世间还有许多慷慨的人，他们并不把自己个人和家庭看得异常重要，超过一切。靠了他们我才能够活到现在，而且靠了他们我还要活下去。

朋友们给我的东西是太多、太多了。我将怎样报答他们呢？但是我知道他们是不需要报答的。

最近我在法国哲学家居友的书里读到了这样的话：“生命的一个条件就是消费……世间有一种不能跟生存分开的慷慨，要是没有了它，我们就会死，就会从内部干枯。我们必须开花。道德、无私心就是人生的花。”

在我的眼前开放着这么多的人生的花朵了。我的生命要到甚么时候才会开花？难道我已经是“内部干枯”了么？

一个朋友说过：“我若是灯，我就要用我的光明来照彻黑暗。”

我不配做一盏明灯。那么就让我做一块木柴罢。我愿意把我从太阳那里受到的热放散出来，我愿意把自己烧得粉身碎骨给人间添一点点温暖。

向光明走去

郑振铎

谁都喜爱光明的。虽然也许有些人和动物常要躲在黑暗之中，以便实行他们的阴险计划的，但那是贼，是恶人，是鸥，是蝙蝠，是狐。凡是人，是正直的人或物，总是喜爱光明，总是要向光明走去的。

黑漆漆的夜，独自走在路上，一点的星光、月光、灯光都没有，我们心里真有些怕。夏天的暴雨之前，天都乌黑了，无论孩子大人，心里也总多少有些凛凛然的，好像天空要有什么异样的变动。山寺的幽斋中，接连地落了几天的雨，天空是那样的灰暗，谁都要感到些凄楚之意。

但是太阳终于来了。接着夜而来的是白昼，接着暴雨而来的是晴光，接着灰暗之天空的是蔚蓝色的天空。那时，不知不觉地会有一阵慰安快乐的感觉，渗入每个人的心里，会有一种勇往活泼的精神，笼罩在每个人的脸上。

在黑暗中走着的人，在夏雨中的人，在灰暗的天空之下的人，总要相信光明的必定到来。因为继于夜之后的一定是白昼。夜来了，白昼必定不远的。继于阴雨之后的，一定是阳光之天。雨来了，太阳必定是已躲在雨云之后的。

那些只相信有阴雨之天，只相信有夜的人，且让他们去。我们是相信着白昼，相信着阳光之必定到来的。

现在，我们是什么样的时代呢？我猜一定不会错，每个人一听到这句问话，都必定要皱着眉头，在心里叹着气答道："黑暗时代！"

是的，是的，现在是黑暗时代。

政治上、社会上、国际上、家庭上，有多少浓厚的阴影罩着！且不必多说，这许多，许多黑暗的事实，一时也诉说不尽。

但是"光明"已躲在这些"黑暗"之后了！我们要相信光明一定会到来。我们不仅相信，我们还要迎着光明走去！譬如黑夜独行，坐在路旁等天亮，那是很可羞；如果惧怕黑夜而躲进小岩洞或小屋之内，那更是可耻。

我们相信光明必定会到来，我们迎上去，我们向着他走去！

在黑夜里，踽踽地走着，到了天亮时，我们走到目的地了，那是多么快慰的事呀！

那些见黑暗而惧怕，而失望的，让他们永躲在黑暗中吧；

那些只相信有黑暗而不相信有光明的，也让他们的生活于黑暗之洞里吧。我们如果是相信“光明”的，我们便要鼓足了勇气，不怖不懈，向着光明走去。

我们不彷徨，我们不回顾。人类是永续不断的一条线，人间社会是永续不断的努力的结果。我们虽住在黑暗之中，我们应努力在黑暗中进行，但也许我们自身，是见不到光明的。人类全体永续不断地向着光明走去，光明是终于会到来的。

走去，走去，向着光明走去。

光明终于是要到来的！

离 别

郑振铎

别了，我爱的中国，我全心爱着的中国！我倚在高高的船栏上，看着船渐渐地离岸了，船和岸之间的水面渐渐地宽了，我看着许多亲友挥着帽子，挥着手，说着：“再见，再见！”我听着鞭炮劈劈啪啪地响着，我的眼眶湿润了，我的眼泪已经滴在眼镜面上，镜面模糊了。我有一种说不出的感动。

船慢慢地向前驶着，沿途停着好几只灰色和白色的军舰。不，那不是悬挂着我们的国旗的，那是帝国主义的军舰。

两岸是黄土和青草，再过去是地平线上几座小岛。海水满盈盈的，照在夕阳之下，浪涛像顽皮的小孩儿似的跳跃不定，水面上一片金光。

别了，我爱的中国，我全心爱着的中国！

我不忍离了中国而去，更不忍在这个大时代中放弃自己应做的工作而去。许多亲爱的勇士正在用他们的血和汗建造着新的中国，正以满腔热情工作着、战斗着。我这样不负责任地离开中国，真是一个罪人！

然而，我终将在这大时代中工作的，我终将为中国而努力，而贡献我的身、我的心。我离开中国，为的是求得更好的经验，求得更好的战斗的武器。暂别了，暂别了，在各方面斗争着的勇士们，我不久将以更勇猛的力量加入你们当中来！

当我归来的时候，我希望这些帝国主义的军舰都不见了，代替它们的是悬挂着我们的国旗的伟大的中国舰队。如果它们那时候还没有退出中国海，还没有被我们赶出去，那么，来，勇士们，我将加入你们的队伍，以更勇猛的力量，去驱逐它们，毁灭它们！

这是我的誓言！

别了！我爱的中国，我全心爱着的中国！

理想树

徐　迟

你是一株美丽的树。你是一株智慧的树。并且，你是一抹与日月俱增其美丽、智慧与生命，是的，生命的树。我原以为你在我这心的贫瘠的泥土上是不能生长的。我认为你应当是另一个乐园的沃土上的理想树。谁知你竟在我的心上发芽了，生长了。在我心的瘠土上，我植下了一株又一株的树，它们都没有长起来。并没有注意你的顽强的存在，你却在那里默默地伸展着，毫无怨言地茂郁地长起来。我已惊讶地见到你，闪光的你，张开了美丽的华盖，开放了美丽的花朵，结出了智慧的果实，培育着辉耀的理想。我膜拜着你，我的艺术之树。我膜拜着你，我的理想之树。

时之罪恶

焦菊隐

时间一手将我所有的都偷跑了，只留下了哀悔。

时间好似狂风，连号带唉，将我的生命偷跑了；我所有的残余，只是哀悔。

当我在安逸快乐时，她轻轻地向我软语缠绵，使我不能从迷茫中振起——似一只湿了翼的小鸟，伏居在温暖的香巢。

我一听了她甜蜜的美妙的脚声，如飞丝般绕人心轮，就渐渐睡了去。

但当我醒了时，一切都被时间偷走了；我所有的，现在，只是哀悔，只是哀悔。

春 来

俞平伯

“假使冬天来了，春天还能远吗？”您也将遥遥有所忆了——虽然，我是不该来牵惹您的情怀的。

然而春天毕竟会来的，至少不因咱们不提起它而就此不来。于是江南的莺花和北地的风尘将同邀春风的一笑了。我们还住在一个世界上哩！

果真我们生长在绝缘的两个世界，这是何等好！果真您那儿净是春天，我这儿永远是冰，是雪，是北风，这又何等好。可惜都不能！我们总得感物序之无常，怨山河之辽廓，这何苦来？

微吟是不可的，长叹也是不可的，这些将挡着幸运人儿的路。若一味地黯然，想想看于您也不大合式的罢，“更加要勿来”。只有跟着时光老人的脚迹，把以前的噩梦渐渐笼上一重乳白的轻绡，更由朦胧而渺茫，由渺茫而竟消沉下去，那就好了！夫了者好也，语不云乎？

谁都懂得，我当以全默守新春之来。可恨我不能够如此哩。想到天涯海角，许有凭阑凝想的时候，则区区奉献之词，即有些微的唐突，想也是无妨于您那春风的一笑的。

笑

冰　心

雨声渐渐地住了，窗帘后隐隐地透进清光来。推开窗户一看，呀！凉云散了，树叶上的残滴，映着月儿，好似萤光千点，闪闪烁烁地动着——真没想到苦雨孤灯之后，会有这么一幅清美的图画！

凭窗站了一会儿，微微地觉得凉意侵入。转过身来，忽然眼花缭乱，屋子里的别的东西，都隐在光云里；一片幽辉，只浸着墙上画中的安琪儿——这白衣的安琪儿，抱着花儿，扬着翅儿，向着我微微地笑。

“这笑容仿佛在哪儿看见过似的，什么时候，我曾……”我不知不觉地便坐在窗口下想——默默地想。

严闭的心幕，慢慢地拉开了，涌出五年前的一个印象——一条很长的古道。驴脚下的泥，兀自滑滑的。田沟里的水，潺潺地流着。近村的绿树，都笼在湿烟里。弓儿似的新月，挂在树梢。一边走着，似乎道旁有一个孩子，抱着一堆灿白的东西。驴儿过去了，无意中回头一看。——他抱着花儿，赤着脚儿，向着我微微地笑。

“这笑容又仿佛是哪儿看见过似的！”我仍是想——默默地想。

又现出一重心幕来，也慢慢地拉开了，涌出十年前的一个印象——茅檐下的雨水，一滴一滴地落到衣上来。土阶边的水泡儿，泛来泛去地乱转。门前的麦垄和葡萄架子，都濯得新黄嫩绿的非常鲜丽——一会儿好容易雨晴了，连忙走下坡儿去。迎头看见月儿从海面上来了，猛然记得有件东西忘下了，站住了，回过头来。这茅屋里的老妇人——她倚着门儿，抱着花儿，向着我微微地笑。

这同样微妙的神情，好似游丝一般，飘飘漾漾地合了拢来，绾在一起。

这时心下光明澄静，如登仙界，如归故乡。眼前浮现的三个笑容，一时融化在爱的调和里看不分明了。

“无限之生”的界线

冰　心

我独坐在楼廊上，凝望着窗内的屋子。浅绿色的墙壁，赭色的地板，几张椅子和书桌；空沉沉的，被那从绿罩子底下发出来的灯光照着，只觉得凄黯无色。

这屋子，便是宛因和我同住的一间宿舍。课余之暇，我们永远是在这屋里说笑，如今宛因去了，只剩了我一个人了。

她去的那个地方，我不能知道，世人也不能知道，或者她自己也不能知道。然而宛因是死了，我看见她病的，我看见她的躯壳埋在黄土里的，但是这个躯壳能以代表宛因么！

屋子依旧是空沉的，空气依旧是烦闷的，灯光也依旧是惨绿的。我只管坐在窗外，也不是悲伤，也不是悚惧；似乎神经麻木了，再也不能迈步进到屋子里去。

死呵，你是一个破坏者，你是一个大有权威者！世界既然有了生物，为何又有你来摧残他们，限制他们？无论是帝王，是英雄，是……一遇见你，便立刻撇下他一切所有的，屈服在你的权威之下；无论是惊才，绝艳，丰功，伟业，与你接触之后，不过只留下一抔黄土！

我想到这里，只觉得失望，灰心，到了极处！——这样的人生，有什么趣味？纵然抱着极大的愿力，又有什么用处？又有什么结果？到头也不过是归于虚空，不但我是虚空，万物也是虚空。

漆黑的天空里，只有几点闪烁的星光，不住地颤动着。树叶楂楂槭槭地响着。微微的一阵槐花香气，扑到阑边来。

我抬头看着天空，数着星辰，竭力地想慰安自己。我想：——何必为死者难过？何必因为有“死”就难过？人生世上，劳碌辛苦的，想为国家，为社会，谋幸福；似乎是极其壮丽宏大的事业了。然而造物者凭高下视，不过如同一只蚂蚁，辛辛苦苦的，替他同伴驮着粟粒一般。几点的小雨，一阵的微风，就忽然把他渺小之躯，打死，吹飞。他的工程，就算了结。我们人在这大地上，已经是像小蚁微尘一般，何况在这万星团簇，缥缈幽深的太空之内，更是连小蚁微尘都不如了！如此看来……都不过是昙花泡影，抑制理性，随着他们走去，就完了！何必……

想到这里，我的脑子似乎胀大了，身子也似乎起在空中。

勉强定了神，往四围一看：——我依旧坐在阑边，楼外的景物，也一切如故。原来我还没有超越到世外去，我苦痛已极，低着头只有叹息。

一阵衣裳的声音，仿佛是从树杪下来，——接着有微渺的声音，连连唤道："冰心，冰心！"我此时昏昏沉沉的，问道："是谁？是宛因么？"她说："是的。"我竭力地抬起头来，借着微微的星光，仔细一看，那白衣飘举，荡荡漾漾的，站在我面前的，可不是宛因么！只是她全身上下，显出一种庄严透彻的神情来，又似乎不是从前的宛因了。

我心里益发的昏沉了，不觉似悲似喜地问道："宛因，你为何又来了？你到底是到哪里去了？"她微笑说："我不过是越过'无限之生的界线'就是了。"我说："你不是……"她摇头说："什么叫作'死'？我同你依旧是一样的活着，不过你是在界线的这一边，我是在界线的那一边，精神上依旧是结合的。不但我和你是结合的，我们和宇宙间的万物，也是结合的。"

我听了她这几句话，心中模模糊糊的，又像明白，又像不明白。

这时她朗若曙星的眼光，似乎已经历历地看出我心中的症结。便问说："在你未生之前，世界上有你没有？在你既死之后，世界上有你没有？"我这时真不明白了，过了一会，忽然灵光一闪，觉得心下光明朗澈，欢欣鼓舞地说："有，有，无论是生前，是死后，我还是我，'生'和'死'不过都是'无限之生的界线'就是了。"

她微笑说：“你明白了，我再问你，什么叫做‘无限之生’？”我说：“‘无限之生’就是天国，就是极乐世界。”她说：“这光明神圣的地方，是发现在你生前呢？还是发现在你死后呢？”我说：“既然生前死后都是有我，这天国和极乐世界，就说是现在也有，也可以的。”

她说：“为什么现在世界上，就没有这样的地方呢？”我仿佛应道：“既然我们和万物都是结合的，到了完全结合的时候，便成了天国和极乐世界了，不过现在……”她止住了我的话，又说，“这样说来，天国和极乐世界，不是超出世外的，是不是呢？”我点了一点头。

她停了一会，便说，“我就是你，你就是我，你我就是万物，万物就是太空：是不可分析，不容分析的。这样——人和人中间的爱，人和万物，和太空中间的爱，是昙花么？是泡影么？那些英雄，帝王，杀伐争竞的事业，自然是虚空的了。我们要奔赴那‘完全结合’的那个事业，难道也是虚空的么？去建设‘完全结合’的事业的人，难道从造物者看来，是如同小蚁微尘么？”我一句话也说不出来，只含着快乐信仰的珠泪，抬头望着她。

她慢慢地举起手来，轻裾飘扬，那微妙的目光，悠扬着看我，琅琅地说，“万全的爱，无限的结合，是不分生——死——人——物的，无论什么，都不能抑制摧残他，你去罢，——你去奔那‘完全结合’的道路罢！”

这时她慢慢地飘了起来，似乎要乘风飞举。我连忙拉住她的衣角说：“我往哪里去呢？那条路在哪里呢？”她指着天边说：“你迎着他走去罢。你看——光明来了！”

轻软的衣裳，从我脸上拂过。慢慢地睁开眼，只见地平线边，漾出万道的霞光，一片的光明莹洁，迎着我射来。我心中充满了快乐，也微微的随她说道：“光明来了！”

我

冰　心

照着镜子，看着，究竟镜子里的那个人，是不是我。这是一个疑问！在课室里听讲的我，在院子里和同学们走着谈着的我，从早到晚，和世界周旋的我。

众人所公认以为是我的，究竟那是否真是我，也是一个疑问！

众人目中口中的我，和我自己心中的我，是否同为一我，也是一个疑问！

清夜独坐的我，晓梦初醒的我，一年三百六十五天之中偶然有一分钟一秒钟。

感到不能言说的境象和思想的我，与课室里上课的我，和世界周旋的我，是否同为一我，也是一个疑问。这疑问永远是疑问！这两个我，永远不能分析。

既没有希望分析他，便须希望联合他。周旋世界的我呵！

在纷扰烦虑的时候，请莫忘却清夜独坐的我！

清夜独坐的我呵！在寂静清明的时候也请莫忘却周旋世界的我！相顾念！相牵引！拉起手来走向前途去！

微 笑

吴 珹

一

微笑，似蓓蕾初绽。

这朵花，植根于美好的心灵。

真诚和善良，在微笑中洋溢着感人肺腑的芳香。

二

微笑着告别寒冬。

微笑着迎接阳春。

尽管，未来的岁月里，还会有风风雨雨，但心灵的花苗上，总是闪烁着信念之光。

三

微笑的风采，包含着丰富的内涵。它是一种激发想象和启迪智慧的力。

四

在顺境中，微笑是对成功的嘉奖。

在逆境中，微笑是对创伤的理疗。

五

用微笑的阳光，驱散忧愁的阴云。

用微笑的春风，融化心中的冰雪。

误会和烦恼，在微笑中消失。

成功与自豪，在微笑中到来。

六

微笑是无声的音乐，传递着美好的情感。

微笑是着意的绘画，展示着乐观的神态。

微笑是自由的，不会凝固。

微笑是含蓄的，绝非浅陋。

七

人们都欣赏蒙娜丽莎的微笑。其实，真正的杰作，都是生活中那些发自心灵深处的、闪耀着自由之光的微笑。

八

微笑——文明的花朵，开放在我们的校园里。

一张张微笑的脸，一颗颗美好的心，向着明天，向着未来……

色彩二章

柯　原

黄

这是我们最亲切最熟悉的色彩：炎黄子孙皮肤的色彩，华夏民族发祥地——黄土高原的色彩，神州大动脉——奔腾的黄河的色彩。

向日葵和迎春花，稻浪和麦浪的色彩。

龙的色彩！

我们的祖先曾经如此地推崇黄色。黄色成为皇族专用的颜色。巍峨的宫殿，金色的琉璃瓦，金丝线绣制的龙袍，高高飘飞的龙旗，组成了皇族的华贵与尊严。

而对于千千万万个龙的传人来说，黄色则是维系生命的土地，是质朴、宽厚的，劳作与收获的色彩，那色彩中浸透了我们的汗水。

为什么今天有的人自卑到轻视自己的黄色呢？在白皮肤面前低声下气，自惭形秽呢？半殖民地的奴颜媚骨还没有脱尽吗？这是人格的沦丧，民族自尊心的屈辱！而把一切色情和下流的货色，统统都作为黄色，这是语言的贫乏和文化的悲哀！

举起我们有力的、黄土高原般的双臂吧，风吹雨打的五千年历史，都是用黄金铸就的。今天，黄皮肤、黄土地、黄河……正在崛起新的歌声，迎接华夏的未来，我们民族又一个灿烂的黄金时代！

黑

单纯而又复杂的色彩，它的涵意是多方位和多侧面的。

庄严、神秘、宁静，展示着茫茫的旷野之夜，大海深处那迷离的世界，深邃的华夏瞳仁，奇幻的宇宙黑洞。

含蓄、坚实、凝重。黑陶上闪烁的文化，木版印刷术留下的古老历史，地下喷涌而出的滚滚原油，等待运往四方的结实沉重的钢锭。

黑色与光明是对立的吗？不，黑色与光明是相连的，黑色中孕育着光明。

看，那压抑在地层下的生命，那远古的郁郁葱葱的森林，沉默了，凝固了，失去了往日那飞扬的神采和喧哗的歌声。

但是，一旦它们从地层深处奔涌而出，就会化成烈火，化成电力，高唱着燃烧的生命之歌，在大地上留下隆隆的回声。

于是，那些以黑夜作掩护，进行着罪恶与阴谋勾当的人们，他们将要惊慌了。黑夜终将会把他们和盘托出，交给光明审判，在光天化日之下，彻底暴露他们那一颗颗狠毒阴暗的心……

残雪断想

岑　桑

残雪不甘沦落，东一堆，西一堆，在那坑坑洼洼的地方，还积得老深，散发出令人战栗的寒气。

所以，你还不相信隆冬已尽，春天已经来临了吗？

那时候，朔风凛冽，周天寒彻，我们这个世界埋在坚冰底下，气息奄奄，人间是喑哑的，欢乐和树林一起凋零了。希望蜷伏在冻土深处冬眠；生活的光彩都已褪尽，歌声都已隐没，只有叹息，只有风声和寒鸦的啼叫。人们心都碎了，神经都麻木了。绿色的信念随着枯枝败叶慢慢地枯萎，如果说世界还有鲜丽的色彩留存，指的也许就是雪原之上的斑斑血迹了。

那简直是一个漫长的冰川时期呵！

长夜里，人们习惯于在苦寒和无望中生活，以至到了冰消春暖的时光，对于时序的迁流，竟还有人木然不敢置信。

莫非正是因为这样，你才不相信春光就在眼前？

残雪不甘逝去，这里一滩，那里一滩；在那背着阳光的角落，还积得很厚，发出咄咄逼人的余威。

所以，你还不承认隆冬已尽，春天已经来临了吗？

那时候，千里冰封，万里雪飘，我们这个世界委实凝结得太久太久了。人们屈处于冰雪的淫威之下，痛苦地期待着、期待着。对于春天的渴望，使他们焦灼得快要撕裂自己的胸膛。

呵，什么时候，才有彩蝶蹁跹，才见群莺飞舞？什么时候呵，才让繁花竞放，树木葱茏，蜂房酿造蜜汁，人心注满情谊？……

美丽的期待，在人们心里跳荡不安；因为生活荒凉已久，谁也难以继续忍受了。人们祈求一夜之间冰化雪消，花繁叶茂；而坚冰毕竟太厚，最初的春色毕竟还不够浓艳。现实并无点化而成的奇迹，得以满足人们可以理解的迫切心愿，以致到了飞燕衔泥的时光，竟还有人感觉不到如今已是换了人间。

莫非正是由于这样，你才不承认春光就在眼前？

残雪以它白皑皑的明光，刺痛我们的眼睛；然而它正在崩溃，再也堆不起几个雪罗汉了。

残雪以它冷冰冰的神态，傲然盘踞在依旧可容立足的东边一角、西边一隅；然而它正在没落，再也不能无休无止地扼杀大地的生机了。

残雪呵，你是丑恶势力绝不甘心退隐的明证；也是它摆脱不掉败亡命运的象征。你是属于冬天的，有着冷酷而凌厉的秉性；然而你以自身残缺的形象，反证了春的胜利，我们因之得以透过你的寒光，探寻到切切实实的春意。

隆冬溃退了，残雪是为它殿后的。

时间无情，却也深情，它让该死的死，该生的生；让该诅咒的归于毁灭，该赞美的郁郁葱葱。

春天从天外轻盈地飞了回来，化作柔风和云雀。

春天从地里悄悄地冒了出来，化作草叶和芽苗。

春天从山间喧闹地奔了过来，化作溪流、河川和波光潋滟的湖泊。

春天化作一千一万种生命的形式；还化作歌声，还化作微笑，还化作温暖和美丽的色彩……

久违了，春天，你这生机萌发的美妙时节！今天我们贴起春联，挂起灯笼，架起高矗的彩楼，点起不眠的灯火；孩子们还烧起他们的爆竹和烟花，姑娘们还戴起她们的蝴蝶结，穿起她们的花衣裳，高高兴兴，衷心把你欢迎。

呵呵，春天，唱不尽的大好时光，比起我们对你如此激动的情怀，这一切加起来又算得上什么？

我想最好还是用我们刚刚苏醒过来的希望，来把你欢迎吧！

我想最好还用我们刚刚升腾而起的志气，来把你欢迎吧！

我们要用自己的志气，把希望点燃，扇得它通明透亮，扇得它烈焰飞扬，把希望的火炬高高举起，插上泰山之顶，竖在昆仑之巅。

残雪呵残雪，当希望之火越烧越旺，我们将怀着宽慰的心情，看见你呵，你这隆冬的余孽终于彻彻底底溶入泥泞，坠于沟壑，化作滩滩污水。

就在那样的时刻，我们那绿色的梦幻，将会在现实中明确无误地呈现出来，一天浓似一天，一层浓似一层……

巷

——龙山杂记之一

柯　灵

巷，是城市建筑艺术中一篇飘逸恬静的散文，一幅古雅冲淡的图画。

这种巷，常在江南的小城市中，有如古代的少女，躲在僻静的深闺，轻易不肯抛头露面。你要在这种城市里住久了，和它真正成了莫逆，你才有机会看见她，接触到她优娴贞静的风度。它不是乡村的陋巷，湫隘破败，泥泞坎坷，杂草乱生，两旁还排列着错落的粪缸。它也不是上海的里弄，鳞次栉比的人家，拥挤得喘不过气；小贩幢幢来往，黝黯的小门边，不时走出一些趿着拖鞋的女子，头发乱似临风飞舞的秋蓬，眼睛里网满红丝，脸上残留着不调和的隔夜脂粉，颓然地走到老虎灶上去提水。也不像北方的胡同，满目尘土，风起处刮着弥天的黄沙。

这种小巷，隔绝了市廛的红尘，却又不是乡村风味。它又深又长，一个人耐心静静走去，要老半天才走完。它又这么曲折，你望着前面，好像已经堵塞了，可是走了过去，一转弯，依然是巷陌深深，而且更加幽静。那里常是寂寂的，寂寂的，不论什么时候，你向巷中踅去，都如宁静的黄昏，可以清晰地听到自己的足音。不高不矮的围墙挡在两边，斑斑驳驳的苔痕，墙上挂着一串串苍翠欲滴的藤萝，简直像古朴的屏风。墙里常是人家的竹园，修竹森森，天籁细细；春来时还常有几枝娇艳的桃花杏花，娉娉婷婷，从墙头殷勤地摇曳红袖，向行人招手。走过几家墙门，都是紧紧地关着，不见一个人影，因为那都是人家的后门。偶然躺着一只狗，但是决不会对你狺狺地狂吠。

小巷的动人处就是它无比的悠闲。无论谁，只要你到巷里去踯躅一会，你的心情就会如巷尾不波的古井，那是一种和平的静穆，而不是阴森和肃杀。它闹中取静，别有天地，仍是人间。它可能是一条现代的乌衣巷，家家有自己的一本哀乐账，一部兴衰史，可是重门叠户，讳莫如深，夕阳影里，野草闲花，燕子低飞，寻觅旧家。只是一片澄明如水的气氛，净化一切，笼罩一切，使人忘忧。

你是否觉得劳生草草，身心两乏？我劝你工余之暇，常到小巷里走走，那是最好的将息，会使你消除疲劳，紧张的心弦得到调整。你如果有时情绪烦躁，心境悒郁，我劝你到小巷里负手行吟一阵，你一定会豁然开朗，怡然自得，物我两忘。你有爱人吗？我建议不要带了她去什么名园胜境，还是利用晨昏时节，到深巷中散散步。在那里，你们俩可以随意谈天，心贴得更近，在街上那种贪婪的睨视，恶意的斜觑，巷里是没有的；偶然呀的一声，墙门口显现出一个人影，又往往是深居简出的姑娘，看见你们，会娇羞地返身回避了。

巷，是人海汹汹中的一道避风港，给人带来安全感；是城市喧嚣扰攘中的一带洞天幽境，胜似皇家的阁道，便于平常百姓徘徊徜徉。

爱逐臭争利，锱铢必较的，请到长街闹市去；爱轻嘴薄舌，争是论非的，请到茶馆酒楼去；爱锣鼓钲镗，管弦嗷嘈的，请到歌台剧院去；爱宁静淡泊，沉思默想的，深深的小巷在欢迎你！

鬼混哲学

柯 灵

我们有一种极其古怪的处世哲学，这就是“鬼混主义”。

原来算是在做人，一样以无涯的岁月，对付着有涯的生命的，浪费一天，也就是向坟墓跑近一步，本来并无什么玩笑可开。然而偏有一种聪明的办法，使庄严的人生场面，在嘻嘻哈哈之中打发过去。

他们并无一定的主张。做官就做官，经商就经商，做文学家就做文学家。今天追随张三，可以慷慨激昂；明天陪伴李四，无妨风流倜傥。

做人八面玲珑，无分爱憎，一例笑嘻嘻地打拱作揖；做事一鼓作气，不问是非，一例热烘烘地使劲出力。然而按诸实际，对人固是敷衍，对事也无非搪塞。

只是在一件事上，他异常认真，毫不放松——这就是个人的利益。

这才真的是十足道地的“个人主义”！民族、社会，在这类人的天平上面，分量远不及个人。打仗以前他爱国，因为爱国可以做官；打仗以后他通敌，因为通敌可以发财。“吾道一以贯之”，前后并不矛盾。然而看见熟人，他悄悄地说道：“为的吃饭呀，谁愿意这样做呢。混混而已！”——时机一熟，他还是要“爱国”的。

精通了鬼混哲学，就可以走遍天下，无往而不利。可是无论什么场合，只要有鬼混专家在内，却就无往而不败。

叶 笛

郭 风

呵，故乡的叶笛。

那只是两片绿叶。把它放在嘴唇上，于是像我们的祖先一样，

吹出了对于乡土的深沉的眷恋，吹出了对于故乡景色的激越的赞美，

吹出了对于生活的爱，吹出自由的歌，劳动的歌，火焰似的燃烧着的青春的歌……

像民歌那么朴素。

像抒情诗那么单纯。

比酒还强烈。

啊，故乡的叶笛。

那只是两片绿叶。把它放在嘴唇上，于是从肺腑里，从心

的深处，

吹出了劳动的胜利的激情，吹出了万人的喜悦和对于太阳的赞歌，

吹出了对于人民的权力的礼赞，吹出光明的歌，幸福的歌，太阳似的升在空中的旗帜的歌！

那笛声里，有故乡绿色平原上青草的香味，有四月的龙眼花的香味。

有太阳的光明。

乡梦不曾休

黄永玉

我为曾在那里念过书的凤凰县文昌阁小学写过一首歌词，用外国古老的名歌配在一起，于是孩子们就唱起来了。昨天听侄儿说，我家坡下的一个八九岁的女孩抱着弟弟唱催眠曲的时候，也哼着这支歌呢！

歌词有两句是：

无论走到哪里，都把你想望。

这当然是我几十年来在外面生活对于故乡的心情。也希望孩子们长大到外头工作的时候，不要忘记养育过我们的深情的土地。

我有时不免奇怪，一个人怎么会把故乡忘记呢？凭什么把她忘了呢？不怀念那些河流？那些山岗上的森林？那些长满羊齿植物遮盖着的井水？那些透过嫩绿树叶的雾中的阳光？你小时的游伴？唱过的歌？嫁在乡下的妹妹？……未免太狠心了。

故乡是祖国在观念和情感上最具体的表现。你是放在天上的风筝，线的另一端就是牵系着心灵的故乡的一切影子。惟愿是因为风而不是你自己把这根线割断了啊！……

家乡的长辈和老师们大多不在了，小学的同学也已剩下不几个，我生活在陌生的河流里，河流的语言和温度却都是熟悉的。

我走在五十年前（半个世纪，天哪！）上学的石板路上，沿途嗅闻着曾经怀念过的气息，听一些温暖的声音。我来到文昌阁小学，我走进二年级的课堂，坐在自己的座位上：

“黄永玉，六乘六等于几？”

我慢慢站了起来。

课堂里空无一人。

外婆家

吕伯攸

直到现在，我还是常常想着我的外婆家。

昨天晚上做了一个梦，我又梦到了那座梅溪镇上的古老的屋子。曾经消磨了我整个童年的那间“藤花书屋”，依旧没有改变一些样子；一种不知名的藤科植物，从窗槛外爬起来，带着那些绿得可爱的叶片，一直爬上了屋檐，窗外便好像张了一个绿色的帷幕；有时开出几朵小小的淡红花来，更是美丽得叫人不忍离开。

春天，书屋前面花坛上的大理花开了，红的、紫的、黄的、白的……一丛丛，把这朴素的院子，点缀成一间新娘的洞房似的，一群群的蜜蜂，从墙外飞来，盘旋在这些花上，不住地唱着它们的歌颂。

书屋后面，是一个大竹园，一竿竿的翠竹，不时发出飒飒的响声，仿佛它们在絮语着。当我们走进这林子去的时候，脚下踏着那永远照不着太阳光的泥土，软软地，真比踏着富人们厅堂上珍贵的地毯还舒服。夏天，我们常常摊下一条席子，带着一壶凉茶，躺在那里读故事书，要是沉沉地睡去了，不妨就来一次“午倦抛书昼梦长”。

墙外人家，尽有搭着瓜棚、豆架的，秋天到了，晚上明月如水，从那些棚架上的绿叶丛中，不断地送过络绎的歌声来，“沙沙！沙沙！……”很容易地，把我带进了甜蜜的梦中。

冬天是最寂寞不过的，但是，在这书屋的火炉边，我曾经和表姊妹们烤过山芋吃；在这书房外的一片大雪中，我们曾经张起一个竹篱，捉过麻雀玩。

一切的一切，在昨天晚上的梦中我又到过一次外婆家。

小　溪

圣　野

我爱童年。在我童年的记忆里，流淌着一条活泼欢快的小溪，蓝色的小溪。

我的童年，和这条小溪一样，走路的时候，总是蹦蹦跳跳的。

我心里有那么多的欢喜要像溪水一样涌出，好让别人分享吗？

我心里有那么多的蜜要像小溪一样流出来，给每个好朋友尝尝吗？

呼——刮过一阵大风了。你看我肩上背着竹篮，又向后山走去。在那长着许多高大红枫树的后山背上，又落下了许多又黄又黑的松果。黄里透红的树叶，来不及捡的时候，我肩上有个长长的竹机可帮我的忙。

叶子扒了一大箩。背回家去的时候，妈妈准会夸奖我。妈妈会说："我家的小鹿鹿，真勤快哩，从山上捡回来那么多的宝贝！"

星期天到了，我跟着二哥、三哥上山。大山上，有采不尽的野果，可以当点心吃呢！运气好的时候，说不定还能捡到一只伤了翅膀的金山雀，带回家去养起来，那是可以天天和我做伴的。

夏天来了，走过村边的青草池塘，脚步要轻——往往会有一只红蜻蜓正在一片草叶上午睡呢！我神不知鬼不觉地走过去，忽然一伸手，红蜻蜓就让我逮住了。我在红蜻蜓身上系上一根线，它会嘟地一下飞起来，像一只会唱歌的夏天的小风筝，飞了一圈又一圈。

在知了唱歌的季节，我还放过羊。小羊一路走，一路撒着圆滚滚的黑色的"小豆"。到晚上，我梦见这些黑豆豆，全都变成了金豆豆。这样一来，我也就成了金子国里最最富有的国王。

出门遇到小伙伴，跟他们手拉手，到小溪流过的那一片草地上玩玩。我最爱玩钓青虫。青草地上，张大眼睛仔细找，可以找到一个个圆圆的小洞洞。我知道，每个小洞洞里都躲着一条虫，我只要拿一根逗虫子的小草耐心地钓，就能把青虫钓上来。

我把小青虫搜集起来，带回家去喂小鸡。小鸡吃起了这些虫子，那才高兴哩！它们叽叽叽的，兴奋地叫个不停。妈妈曾经告诉我，鸡吃虫，比吃人参还滋补。有只小黄鸡，长得特别快，就是用我钓来的青虫喂的……

我爱学校，在学校里是个很用功的小学生。可我也爱小溪，爱溪边的山和草地。

我爱童年。我的童年里流过一条活泼欢快的金色的小溪……

走月亮

吴　然

秋天的夜晚，月亮升起来了，从洱海那边升起来了。

是在洱海里淘洗过吗？月盘是那样明亮，月光是那样柔和。照亮了高高的点苍山，照亮了村头的大青树，也照亮了，明亮了村间的大道和小路。

这时候，阿妈喜欢牵着我，在洒满月光的小路上走着，走着，呵，我和阿妈走月亮！

细细的溪水，流着山草和野花的香味，流着月光。灰白色的溪卵石，布满河床。哟，卵石间有多少可爱的小水塘啊，每个小水塘，都抱着一个月亮！哦，阿妈，白天你在溪里洗衣裳，而我，用树叶做小船，运载许多新鲜的花瓣……哦，阿妈，我们到溪边去吧，我们去看看小水塘，看看水塘里的月亮，看看我采过野花的地方。

呵，我和阿妈走月亮……

村道已经修补过，坑坑凹凹的地方，已经填上碎石和新土。就要收庄稼了，收庄稼前，要把道路修一修，补一补，这是村里的风俗。秋虫唱着，夜鸟拍打着翅膀，鱼儿跃出水面，泼剌声里银光一闪……从果园那边，飘来果子的甜香。是雪梨，还是火把梨？还是紫葡萄？都有，在坡头上那片月光下的果园里，这些好吃的果子挂满枝头。沟水汩汩，很满意地响着。是啊，它旁边，是它浇灌过的稻田。沉甸甸地，稻穗低垂着头。哦，阿妈，前面不就是我们家的责任田吗？春天，我们种油菜花，种蚕豆。我在豆田里打兔草，我把蒲公英吹得飞啊，飞……收了豆，栽上水稻。看，稻谷就要成熟了，像一片月光镀亮的银毯。哦，阿妈，我们到田埂上去吧！你不是说民族中学放假了，阿爸就要回来了吗？我们采哪一塘新谷招待阿爸呢？

呵，我和阿妈走月亮……

有时，阿妈给我讲一个故事，一个古老的传说；有时，却什么也不讲，只是静静地走着，走着。阿妈温暖的手拉着我，我嗅得见阿妈身上的气息。走过月光闪闪的溪岸，走过石拱桥，走过月影团团的果园，走过庄稼地和菜地……呵，在我仰起脸看阿妈的时候，我突然看见，美丽的月亮牵着那些闪闪烁烁的小星星，好像也在天上走着，走着……

多美的夜晚啊，我和阿妈走月亮！

英　雄

（印度）泰戈尔

妈妈，让我们想象我们正在旅行，经过一个陌生而危险的国土。

你坐在一顶轿子里，我骑着一匹红马，在你旁边跑着。

是黄昏的时候，太阳已经下山了。约拉地希的荒地疲乏而灰暗地展开在我们面前。大地是凄凉而荒芜的。

你害怕了，想道：“我不知道我们到了什么地方了。”

我对你说道：“妈妈，不要害怕。”

草地上刺蓬蓬地长着针尖似的草，一条狭而崎岖的小道通过这块草地。

在这片广大的地面上看不见一头牛；它们已经回到它们村里的牛棚里去了。

天色黑了下来，大地和天空都显得朦朦胧胧的，而我们不能说出我们正走向什么所在。

突然间，你叫我，悄悄地问我道："靠近河岸的是什么火光呀？"

正在那个时候，一阵可怕的呐喊声爆发了，好些人影子向我们跑过来。

你蹲坐在你的轿子里，嘴里反复地祷念着神的名字。

轿夫们，怕得发抖，躲藏在荆棘丛中。

我向你喊道："不要害怕，妈妈，有我在这里。"

他们手里执着长棒，头发披散着，越走越近了。

我喊道："要当心！你们这些坏蛋！再向前走一步，你们就要送命了。"

他们又发出一阵可怕的呐喊声，向前冲过来。

你抓住我的手，说道："好孩子，看在上天面上，躲开他们罢。"

我说道："妈妈，你瞧我的。"

于是我刺策着我的马匹，猛奔过去，我的剑和盾彼此碰着作响。

这一场战斗是那么激烈，妈妈，如果你从轿子里看得见的话，你一定会发冷颤的。

他们之中，许多人逃走了，还有好些人被砍杀了。

我知道你那时独自坐在那里，心里正在想着，你的孩子这时候一定已经死了。

但是我跑到你的跟前，浑身溅满了鲜血，说道："妈妈，现在战争已经结束了。”

你从轿子里走出来，吻着我，把我搂在你的心头。你自言自语地说道：

“如果没有我的孩子护送我，我简直不知道怎么办才好。”

一千件无聊的事天天在发生，为什么这样一件事不能够偶然实现呢？

这很像一本书里的一个故事。

我的哥哥要说道：“这是可能的事么？我老是想，他是那么嫩弱呢！”

我们村里的人们都要惊讶地说道：“这孩子正和他妈妈在一起，这不是很幸运么？”

（郑振铎译）

对　岸

（印度）泰戈尔

我渴想到河的对岸去，

在那边，好些船只一行儿系在竹竿上；

人们在早晨乘船渡过那边去，肩上扛着犁头，去耕耘他们的远处的田；

在那边，牧人使他们鸣叫着的牛游泳到河旁的牧场去；

黄昏的时候，他们都回家了，只留下豺狼在这满长着野草的岛上哀叫。

妈妈，如果你不在意，我长大的时候，要做这渡船的船夫。

据说有好些古怪的池塘藏在这个高岸之后。

雨过去了，一群一群的野鹜飞到那里去。茂盛的芦苇在岸边四周生长，水鸟在那里生蛋；

竹鸡带着跳舞的尾巴，将它们细小的足印印在洁净的软泥上；

黄昏的时候，长草顶着白花，邀月光在长草的波浪上浮游。

妈妈，如果你不在意，我长大的时候，要做这渡船的船夫。

我要自此岸至彼岸，渡过来，渡过去，所有村中正在那儿沐浴的男孩女孩，都要诧异地望着我。

太阳升到中天，早晨变为正午了，我将跑到你那里去，说道："妈妈，我饿了！"

一天完了，影子俯伏在树底下，我便要在黄昏中回家来。

我将永不像爸爸那样，离开你到城里去做事。

妈妈，如果你不在意，我长大的时候，要做这渡船的船夫。

（郑振铎译）

同 情

（印度）泰戈尔

如果我只是一只小狗，而不是你的小孩，亲爱的妈妈，当我想吃你盘里的东西时，你要向我说“不”么？

你要赶开我，对我说道：“滚开，你这淘气的小狗”么？

那么，走罢，妈妈，走罢！当你叫唤我的时候，我就永不到你那里去，也永不要你再喂我吃东西了。

如果我只是一只绿色的小鹦鹉，而不是你的小孩，亲爱的妈妈，你要把我紧紧地锁住，怕我飞走么？

你要对我指指点点地说道：“怎样的一只不知感恩的贱鸟呀！整日整夜地尽在咬它的链子”么？

那么，走罢，妈妈，走罢！我要跑到树林里去；我就永不再让你将我抱在你的臂里了。

（郑振铎译）

足

——力的执着之一

丽　砂

蓝空的路是属于鸟的翅膀的。水流的路是属于鱼的鳍子的。

而土地的路啊，是属于我们人类的足的。

我们人类有千千万万双足，有千千万万条路。

几只足行走的地方是窄的路。许多只足行走的地方是宽的路。数都数不清只足行走的地方是广场。

但是，什么地方才是最大的广场呢？我听见到处都有着行走的足音。

在无边的旷野上，我目送着有说有笑的青年奔驰而过，一片急骤的足音投向了远方。在深邃的街道上，我目送着各色各样的人群奔驰而过，一片骚乱的足音投向了闹市。

为什么会有这样多的足呢?

是不是我们要知道土地的宽长，才用自己的足去度量？是不是我们要知道土地的厚薄，才用自己的足去探测？是不是我们好好生生地做一个土地的儿子，才用自己的足去清理、去计算祖兄们遗留下来的田产?

我们已经糊涂过好多年了。从今起，让我们逐渐地把生活的繁荣，文化的茂盛，开始用千千万万双足来写在土地的路上吧!

路

徐　刚

路，弯弯曲曲的路。

有的在山里，有的在田埂，有的在林中……

所有的路，都在大地上；所有的人，都在寻找前面的路。

猴子没有变成人的时候，世界上还没有路；有了站立起来的人，因为要行走，要寻找吃的和住的，便从没有路的地方走出了第一条路。

道路的性格，就是人的性格。

不断地摔倒，不断地爬起来，不断地有新开垦的处女地。路，也就不断地延伸……

我走过家乡的田埂小路，我也攀登过井冈山的羊肠小道，而现在，我正走向思念已久的泰山。

我时常眷恋着儿时在田埂上飞跑、摔倒的情景。我至今还能感到：当我摔倒时，路，就像母亲的胳膊，把我搂在大地的怀里！并且亲切地对我说：走吧，孩子！路，会把你带到一个崭新的天地……

脚 印

徐 刚

我时常回头看我的脚印。

密密的脚印就像是我的一张履历表，记录着学步的艰难，和曾经走过的歪歪扭扭的道路。

我是在故乡的松软的土地上学步的。

刚刚学会站立，还没有来得及迈出第一步便摔倒了。

当我跌倒的时候，忽然感到了母亲怀抱的温暖，以及从泥土中喷发出来的清香——这是多么好的提醒：在我刚刚学步的时候，在我将要学会远走高飞的时候，有一个乡音在耳边响着：不管走到哪里，都不要忘记故乡，都不要忘记土地！

后来，我学会了走路，不再轻易摔倒时，我都不时地在泥土上，在草丛里，在海滩上尽情地打滚——这是母亲的怀抱呀！

我跨出了第二步、第三步，我和儿时的小伙伴们在田埂小路上飞一样地赛跑。我们蹦着、跳着，仿佛想要离开这个地球似的。但，我们终于没有能离开大地母亲的抚爱和羁绊……

我从海岛平原走到浙江的丛山峻岭。

我从南方的花苑走进北方的雪地。

有泥土的地方就留下了我的脚印。

泥土——深沉；脚印——缠绵……

记 忆

韩少华

你正望着我呢，年轻的朋友——虽然，你与我并没有促膝而对，可我觉得出，你正望着我的额头、鬓角，端详着岁月留在那上面的痕迹……

你的眼睛仿佛正在询问我：“记忆，是什么？”

医学家说：“健忘症是大脑走向衰亡的征兆。”

道德家说：“忘恩是负义之母。”

佛学家说：“置一切忧喜于心外者，得大自在。”

而革命家说：“忘记过去，就意味着背叛。”

“这说的都是忘却；记忆呢？”你的眼睛，还在问我。

哦，你知道，记忆么，没有重量。它却既可以压得人匍匐在地，又可以鼓舞人在理想的空间飞翔。

记忆没有体积。它却既可以让人敞开襟怀去拥抱整个世界，又可以使人的心眼儿狭隘得芥蒂难容。

记忆没有色彩。它却既可以使人的心灵苍白、幽暗，又可以让人的内心世界绚丽、辉煌。

记忆没有标价。它却既可以让一个人的生命价值上升到崇高的境界，又可以使另一个人的灵魂贬值到零以下。

……而你，朋友，却执拗地望着我；那微启着的双唇，似乎就要吐出一句："记忆究竟是什么？"

"记忆么，是灰烬。"有人曾这样说，"它燃烧过，可总归要熄灭的。"

"记忆是流水。"有人也曾这样说，"它奔涌而来，可也总要消逝到地平线之外去。"

"记忆是落花。"有人还曾这样说，"它喷吐过芳香，焕发过光彩，却总不免无可奈何地同春天永别。"

其实呢，即便是灰烬，不也尽可以化入泥土，去催发新芽么；即便是流水，到了天尽头，不还能解一解远行人的干渴么；即便是落花，纷纷飘散之间，不恰好透露果实正在孕育的消息么……

一个献出自己的芳华，也要向人间启示出"春花秋实"的哲理的人，那枝头硕果就是他赠予耕耘者的甘美的记忆。

一个走进沙漠，也肯为狂渴的同行者捧上自己的水囊的人，他就把清淳的记忆留给朋友。

一个将自己烧成灰，也要洒向大地，为生存者酝酿着稻谷香的人，他就不会从后人的记忆中泯灭。

哦，朋友，关于记忆，请允许我追述两个听来的传说：

有个阴谋家，作孽之余，用刑罚和药物毁了所有知情者的记忆力。可他自己，却恐怖得昼夜大睁着一双眼睛。一天夜半，他被自己的影子吓疯了。后来，有位哲学家说："罪证可以被证人忘掉，而犯罪的记忆却无法被罪人摆脱——正像他不能扔掉自己的影子那样。"

有个过路人，在大地震颤的时候，从路边扭歪了的窗口里抢出一个孩子来。就在他把孩子搂在怀里的一刹那，屋梁撞裂了他的颅骨。记忆消失了，嘴角却留存着一丝笑意。后来，有位许人说："勇士可以忘掉自己的功勋，而人们却不会忘记勇士欣慰的笑容——那微笑是永恒的。"

嗯，只记得个人忧患的，是庸人。

忘记了人民疾苦的，是叛徒。

把记忆中的光耀当做冠冕顶在头上的，是蠢货。

从成功的记忆里提炼警觉的，是智者。

让不幸的记忆压得双膝着地的，是懦夫。

而那忘掉自己的危难，却铭记着他人的艰辛，只为人民的幸福去忘我奋斗的人，才是勇士，真正的勇士！

哦，年轻的朋友，不知我匆匆写下的这些杂乱的意思，可接触到了记忆所蕴含着的真谛了么？

立　论

鲁　迅

我梦见自己正在小学校的讲堂上预备作文，向老师请教立论的方法。

“难！”老师从眼镜圈外斜射出眼光来，看着我，说，“我告诉你一件事——

“一家人家生了一个男孩，合家高兴透顶了。满月的时候，抱出来给客人看，——大概自然是想得一点好兆头。

“一个说：‘这孩子将来要发财的。’他于是得到一番感谢。

“一个说：‘这孩子将来要做官的。’他于是收回几句恭维。

“一个说：‘这孩子将来是要死的。’他于是得到一顿大家合力的痛打。

“说要死的必然，说富贵的说谎。但说谎的得好报，说必然的遭打。你……

“我愿意既不谎人，也不遭打。那么，老师，我得怎么说呢?

“那么，你得说：‘啊呀！这孩子呵！你瞧！多么……阿唷！哈哈！ Hehe！ he，hehehehe！’”

影的告别

鲁　迅

人睡到不知道时候的时候，就会有影来告别，说出那些话——

有我所不乐意的在天堂里，我不愿去；有我所不乐意的在地狱里，我不愿去；有我所不乐意的在你们将来的黄金世界里，我不愿去。

然而你就是我所不乐意的。

朋友，我不想跟随你了，我不愿住。

我不愿意！

呜呼呜呼，我不愿意，我不如彷徨于无地。

我不过一个影，要别你而沉没在黑暗里了。然而黑暗又会吞并我，然而光明又会使我消失。

然而我不愿彷徨于明暗之间，我不如在黑暗里沉没。

然而我终于彷徨于明暗之间，我不知道是黄昏还是黎明。

我姑且举灰黑的手装作喝干一杯酒，我将在不知道时候的时候独自远行。

呜呼呜呼，倘是黄昏，黑夜自然会来沉没我，否则我要被白天消失，如果现是黎明。

朋友，时候近了。

我将向黑暗里彷徨于无地。

你还想我的赠品。我能献你甚么呢？无已，则仍是黑暗和虚空而已。但是，我愿意只是黑暗，或者会消失于你的白天；我愿意只是虚空，决不占你的心地。

我愿意这样，朋友——

我独自远行，不但没有你，并且再没有别的影在黑暗里。只有我被黑暗沉没，那世界全属于我自己。

求乞者

鲁　迅

我顺着剥落的高墙走路，踏着松的灰土。另外有几个人，各自走路。微风起来，露在墙头的高树的枝条带着还未干枯的叶子在我头上摇动。

微风起来，四面都是灰土。

一个孩子向我求乞，也穿着夹衣，也不见得悲戚，近于儿戏；我烦腻他这追着哀呼。

我走路。另外有几个人各自走路。微风起来，四面都是灰土。

一个孩子向我求乞，也穿着夹衣，也不见得悲戚，但是哑的，摊开手，装着手势。

我就憎恶他这手势。而且，他或者并不哑，这不过是一种求乞的法子。

我不布施，我无布施心，我但居布施者之上，给与烦腻，疑心，憎恶。

我顺着倒败的泥墙走路，断砖叠在墙缺口，墙里面没有什么。微风起来，送秋寒穿透我的夹衣；四面都是灰土。

我想着我将用什么方法求乞：发声，用怎样声调？装哑，用怎样手势？……

另外有几个人各自走路。

我将得不到布施，得不到布施心；我将得到自居于布施之上者的烦腻，疑心，憎恶。

我将用无所为和沉默求乞！……

我至少将得到虚无。

微风起来，四面都是灰土。另外有几个人各自走路。

灰土，灰土，……

……

灰土……

死　后

鲁　迅

我梦见自己死在道路上。

这是哪里，我怎么到这里来。怎么死的，这些事我全不明白。总之，待到我自己知道已经死掉的时候，就已经死在那里了。

听到几声喜鹊叫，接着是一阵乌老鸦。空气很清爽，——虽然也带些土气息，——大约正当黎明时候罢。我想睁开眼睛来，他却丝毫也不动，简直不像是我的眼睛；于是想抬手，也一样。

恐怖的利镞忽然穿透我的心了。在我生存时，曾经玩笑地设想：假使一个人的死亡，只是运动神经的废灭，而知觉还在，那就比全死了更可怕。谁知道我的预想竟的中了，我自己就在证实这预想。

听到脚步声，走路的罢。一辆独轮车从我的头边推过，大约是重载的，轧轧地叫得人心烦，还有些牙齿。很觉得满眼绯红，一定是太阳上来了。那么，我的脸是朝东的。但那都没有什么关系。切切嚓嚓的人声，看热闹的。他们踹起黄土来，飞进我的鼻孔，使我想打喷嚏了，但终于没有打，仅有想打的心。

陆陆续续地又是脚步声，都到近旁就停下，还有更多的低语声：看的人多起来了。我忽然很想听听他们的议论。但同时想，我生存时说的什么批评不值一笑的话，大概是违心之论罢：才死，就露了破绽了。然而还是听；然而毕竟得不到结论，归纳起来不过是这样——

“死了？……”

“嗡。——这……”

“哼！……”

“啧。……唉！……”

我十分高兴，因为始终没有听到一个熟识的声音。否则，或者害得他们伤心；或则要使他们快意；或则要使他们加添些饭后闲谈的材料，多破费宝贵的工夫；这都会使我很抱歉。现在谁也看不见，就是谁也不受影响。好了，总算对得起人了！

但是，大约是一个蚂蚁，在我的脊梁上爬着，痒痒的。我一点也不能动，已经没有除去他的能力了；倘在平时，只将身子一扭，就能使他退避。而且，大腿上又爬着一个哩！你们是做什么的？虫豸！？

事情可更坏了：嗡的一声，就有一个青蝇停在我的颧骨上，走了几步，又一飞，开口便舐我的鼻尖。我懊恼地想：足下，我不是什么伟人，你无须到我身上来寻做论的材料……但是不能说出来。他却从鼻尖跑下，又用冷舌头来舐我的嘴唇了，不知道可是表示亲爱。还有几个则聚在眉毛上，跨一步，我的毛根就一摇。实在使我烦厌得不堪，——不堪之至。

忽然，一阵风，一片东西从上面盖下来，他们就一同飞开了，临走时还说——

“惜哉！……”

我愤怒得几乎昏厥过去。

木材摔在地上的钝重的声音同着地面的震动，使我忽然清醒，前额上感着芦席的条纹。但那芦席就被掀去了，又立刻感到了日光的灼热。还听得有人说——

“怎么要死在这里？……”

这声音离我很近，他正弯着腰罢。但人应该死在哪里呢？我先前以为人在地上虽没有任意生存的权利，却总有任意死掉的权利的。现在才知道并不然，也很难适合人们的公意。可惜我久没了纸笔；即有也不能写，而且即使写了也没有地方发表了。只好就这样地抛开。

有人来抬我，也不知道是谁。听到刀鞘声，还有巡警在这里罢，在我所不应该“死在这里”的这里。我被翻了几个转身，便觉得向上一举，又往下一沉；又听得盖了盖，钉着钉。

但是，奇怪，只钉了两个。难道这里的棺材钉，是只钉两个的么？

我想；这回是六面碰壁，外加钉子。真是完全失败，呜呼哀哉了！……

“气闷！……”我又想。

然而我其实却比先前已经宁静得多，虽然知不清埋了没有。在手背上触到草席的条纹，觉得这尸衾倒也不恶。只不知道是谁给我花钱的，可惜！但是，可恶，收殓的小子们！我背后的小衫的一角皱起来了，他们并不给我拉平，现在抵得我很难受。你们以为死人无知，做事就这样地草率么？哈哈！

我的身体似乎比活的时候要重得多，所以压着衣皱便格外的不舒服。但我想，不久就可以习惯的；或者就要腐烂，不至于再有什么大麻烦。此刻还不如静静地静着想。

“您好？您死了么？”

是一个颇为耳熟的声音。睁眼看时，却是勃古斋旧书铺的跑外的小伙计。不见约有二十多年了，倒还是那一副老样子。我又看看六面的壁，委实太毛糙，简直毫没有加过一点修刮，锯绒还是毛毵毵的。

“那不碍事，那不要紧。”他说，一面打开暗蓝色布的包裹来。“这是明版《公羊传》，嘉靖黑口本，给您送来了。您留下他罢。这是……”

“你！”我诧异地看定他的眼睛，说，“你莫非真正糊涂了？你看我这模样，还要看什么明版？……”

“那可以看，那不碍事。”

我即刻闭上眼睛，因为对他很烦厌。停了一会，没有声息，他大约走了。但是似乎一个蚂蚁又在脖子上爬起来，终于爬到脸上，只绕着眼眶转圈子。

万不料人的思想，是死掉之后也还会变化的。忽而，有一种力将我的心的平安冲破；同时，许多梦也都做在眼前了。几个朋友祝我安乐，几个仇敌祝我灭亡。我却总是既不安乐，也不灭亡地不上不下地生活下来，都不能副任何一面的期望。现在又影一般死掉了，连仇敌也不使知道，不肯赠给他们一点惠而不费的欢欣。……

我觉得在快意中要哭出来。这大概是我死后第一次的哭。

然而终于也没有眼泪流下；只看见眼前仿佛有火花一闪，我于是坐了起来。

最先与最后

鲁　迅

《韩非子》说赛马的妙法，在于“不为最先，不耻最后”。这虽是从我们这样外行的人看起来，也觉得很有理。因为假若一开首便拼命奔驰，则马力易竭。但那第一句是只适用于赛马的，不幸中国人却奉为人的处世金针了。

中国人不但“不为戎首”，“不为祸始”，甚至于“不为福先”。所以凡事都不容易有改革；前驱和闯将，大抵是谁也怕得做。然而人性岂真能如道家所说的那样恬淡；欲得的却多。既然不敢径取，就只好用阴谋和手段；以此人们也就日见其卑怯了，既是“不为最先”，自然也不敢“不耻最后”，所以虽是一大堆群众，略见危机，便“纷纷作鸟兽散”了。如果偶有几个不肯退转，因而受害的，公论家便异口同声，称之曰傻子。对于“锲而不舍”的人们也一样。

我有时也偶尔去看看学校的运动会。这种竞争，本来不像两敌国的开战，挟有仇隙的，然而也会因了竞争而骂，或者竟打起来。但这些事又作别论。竞走的时候，大抵足最快的三四个人一到决胜点，其余的便松懈了，有几个还至于失下跑完预定的圈数的勇气，中途挤入看客的群集中；或者佯为跌倒，使红十字队用担架将他抬走。假若偶有虽然落后，却尽跑，尽跑的人，大家就嗤笑他。大概是因为他人不聪明，“不耻最后”的缘故罢。

所以中国一向就少有失败的英雄，少有韧性的反抗，少有敢单身鏖战的武人，少有敢抚哭叛徒的吊客；见胜兆则纷纷聚集，见败兆则纷纷逃亡。战具比我们精利的欧美人，战具未必比我们精利的匈奴蒙古满洲人，都如入无人之境。“土崩瓦解”这四个字，真是形容得有自知之明。

多有“不耻最后”的人的民族，无论什么事，怕总不会一下子就“土崩瓦解”的，我每看运动会时，常常这样想：优胜者固然可敬，但那虽然落后而仍非跑至终点不止的竞技者，和见了这样竞技者而肃然不笑的看客，乃正是中国将来的脊梁。

寄生树与细草

郭沫若

寄生树站在一株古木的高枝上，在空气中洋洋得意。它倨傲地俯瞰着下面的细草说道：

“你们可怜的小草儿，你看我的位置是多么高，你们是多么矮小！”

细草们没有回答。

寄生树又自言自语地唱道：

“啊哈哟，我是大自然中的天骄。有大树做我庇护，有大树供我养料。我是神不亏而精不劳，高瞻乎宇宙，君临乎小草，披靡乎浮云，揖友乎百鸟。啊哈哟，我是大自然中的天骄。”

一场雷雨，把大树劈倒了。寄生树和古木的高枝倒折在草上。细草儿们为它哀哭了一场。寄生树渐渐枯死了。每逢下雨的时候，细草们便追悼它，为它哀哭。

寄生树被老樵夫捡拾在大箩筐里，卖到瓦窑里去烧了。每逢下雨的时候，细草们还在追悼它，为它哀哭。

雏　菊

（法国）雨　果

前几天我经过文宪路，一座联结两处六层高楼的木栅栏引起我的注意。它投影在路面上，透过拼合得不严紧的木板，阳光在影上画线，吸引人的平行金色条纹，像文艺复兴时期美丽的黑缎上所见的。我走近前去，往板缝里观看。

这座栅栏今天所围住的，是两年前，1839年6月被焚毁的滑稽歌舞剧院的场地。

午后两时，烈日炎炎，路上空无人迹。

一扇灰色的门，大概是单扇门，两边隆起中间凹下，还带洛可可式的装饰，可能是百年前爱俏的年轻女子的闺门，正安装在栅栏上。只再稍稍提起插栓就开了。我走了进去。

凄凄惨惨，无比荒凉。满地泥灰，到处是大石块，曾经加过粗工的被遗弃在那里等待，苍白如墓石，发霉像废墟。场里没有人。邻近的房屋墙上留有明显的火焰与浓烟的痕迹。

可是，这块土地，火灾以后已遭受两个春天的连续毁坏，在它的梯形的一隅，在一块正在变绿的巨石下面，延伸着埋葬虫与蜈蚣的地下室。巨石后面的阴暗处，长出了一些小草。

我坐在石上俯视这棵植物。

天啊！就在那里长出一棵世界上最美丽的小小的雏菊，一个可爱的小小的飞虫绕着雏菊娇艳地来回飞舞。

这朵草花安静地生长，并遵循大自然的美好的规律，在泥土中，巴黎中心，在两条街道之间，离王宫广场两步，离骑兵竞技场四步，在行人、店铺、出租马车、公共马车和国王的四轮华丽马车之间，这朵花，这朵临近街道的田野之花激起我无穷无尽的遐想。

十年前，谁能预见日后有一天在那里会长出一朵雏菊！

如果说在这原址上，如像旁边的地面上，从没有别的什么，只有许多房屋，就是说房产业主，房客和看门人，以及夜晚临睡前小心翼翼地灭烛熄火的居民，那么在这里绝对不会长出田野的花。

这朵花凝结了多少事物，多少失败和成功的演出，多少破产的人家，多少意外的事故，多少奇遇，多少突然降临的灾难！对于每晚被吸引到这里来生活的我们这班人，如果两年前眼中出现这朵花，这帮人骇然会把它当作幽灵！命运是多么作弄人的迷宫，多少神秘的安排，归根结底，终于化为这洁光四射的悦目的小小黄太阳！

必须先要有一座剧院和一场火灾，即一个城市的欢乐和一个城市的恐怖，一个是人类最优美的发明，一个是最可怕的天灾，三十年的狂笑和三十小时的滚滚火焰，才生长出这朵雏菊，赢得这飞虫的喜悦！

对善于观察的人，最渺小的事物往往就是最重大的事物。

一个人被抛进河里去

冯雪峰

有一次，很多老百姓聚集着，在一个悬崖上面，要架一条独木桥到对岸的悬崖上去；因为那两个悬崖之间是一道很深很深的、水又流得很急的河沟。大家运来了一条又大又坚固的梁木。于是，他们用很粗的绳索捆住梁木的两端，拉着一端的绳索把梁木放下到河沟里去，让一部分人攀着岩石爬下河沟，以便涉水过去，再爬上那边的悬崖，然后两边的人同时拉着绳索，把梁木拉上去，就可以把桥架好了。

但是，那河沟里的水却实在太急了，那些涉水的人有好几个被水冲走了，有一两个就在仓卒之间殉了难。其余的人都退缩了回来，再也不敢向前，而那梁木也快要被水冲走了。看起来，这独木桥一时是架不起来了。可是，在这些老百姓当中却有一个人，胆子和力气都比别人大，他在危急之中特别奋力，在急流中挣扎，拉住梁木，而且终于渡过对面，爬上悬崖，把桥架起来了。

这样，这个人的功劳特别大；他的同伴们都很感激，把他尊崇为英雄，他们拿大坛的酒和整个的羊来公宴他，还叫石匠来把他的名字刻在河沟边的石壁上。大家做这些事情，都是实心实意的，因为他们诚心感激他、尊敬他，而且热爱他。不料，这个人竟因此逐渐变得万分地傲慢，俨然以一个酋长自居了，终于在村庄中横行霸道起来。大家最初还忍耐着；但有一天，他竟当众宣言道："没有我，你们连一条独木桥都架不起来！现在，你们看，我就把它丢进河里去，看你们怎么办！"大家还以为他在开玩笑呢，而他却真的提起桥木的一端，"嘭"地一下丢进河沟里去了。老百姓们真的不能再忍耐了，一齐跑了过去，也提起了他的两脚，把他一摔，就掉进河沟里去了。老百姓在当天就把石壁上的他的名字也刨掉了，而且很快就重新架好了独木桥。

对人民立了功，人民自然崇敬你；但如果你就因此蔑视人民，甚至想骑在人民身上而做些损害人民的事情，那么，人民对你也就不会客气了。

海

许地山

我的朋友说："人的自由和希望，一到海面就完全失掉了！因为我们太不上算，在这无涯浪中无从显出我们有限的能力和意志。"

我说："我们浮在这上面，眼前虽不能十分如意，但后来要遇着的，或者超乎我们的能力和意志之外。所以在一个风狂浪骇的海面上，不能准说我们要到什么地方就可以达到什么地方；我们只能把性命先保持住，随着波涛颠来摇去便了。"

我们坐在一只不如意的救生船里，眼看着载我们到半海就毁坏的大船渐渐沉下去。

我的朋友说："你看，那要载我们到目的地的船快要歇息去了！现在在这茫茫的空海中，我们可没有主意啦。"

幸而同船的人，心忧得很，没有注意听他的话。我把他的手摇了一下说："朋友，这是你纵谈的时候么？你不帮着划桨么？”

“划桨么？这是容易的事，但要划到哪里去呢？”

我说：“在一切的海里，遇着这样的光景，谁也没有带着主意下来，谁也脱不了在上面泛来泛去。我们尽管划罢。”

牛津的书虫

许地山

牛津实在是学者的学国，我在此地两年的生活尽用于波德林图书馆、印度学院、阿克关屋（社会人类学讲室）及曼斯斐尔学院中，竟不觉归期已近。

同学们每叫我做“书虫”，定蜀尝鄙夷地说我于每谈论中，不上三句话，便要引经据典，“真正死路”！刘锴说：“你成日读书，睇读死你嚟呀！”书虫诚然是无用的东西，但读书读到死，是我所乐为。假使我的财力、事业能够容允我，我诚愿在牛津做一辈子的书虫。

我在幼时已决心为书虫生活。自破笔受业直到如今，二十五年间未尝变志。但是要做书虫，在现在的世界本不容易，需要具足五个条件才可以。五件者：第一要身体康健，第二要家道丰裕，第三要事业清闲，第四要志趣淡薄，第五要宿慧超越。我于此五件，一无所有！故我以十年之功只当他人一夕之业。于诸学问、途径还未看得清楚，何敢希望登堂入室？但我并不因我的资质与境遇而灰心，我还是抱着读得一日便得一日之益的心志。

为学有三条路向：一是深思，二是多闻，三是能干。第一途是做成思想家的路向，第二是学者，第三是事业家。这三种人同是为学，而其对于同一对象的理解则不一致。譬如有人在居庸关下偶然捡起一块石头，一个思想家要想他怎样会在那里、怎样被人捡起来和他的存在的意义。若是一个地质学者，他对于那石头便从地质方面原原本本地说。若是一个历史学者，他便要探求那石与过去史实有无的关系。若是一个事业家，他只想着要怎样利用那石而已。三途之中，以多闻为本。我邦先贤教人以“博闻强记”，及教人“不学而好思，虽知不广”的话，真可谓能得为学的正谊。但在现在的世界，能专一途的很少。因为生活上等等的压迫及种种知识上的需要，使人难为纯粹的思想家或事业家。假使苏格拉底生于今日的希腊，他难免也要写几篇关于近东问题的论文投到报馆里去卖几个钱。他也得懂得一点汽车、无线电的使用方法。也许他也会把钱财存在银行里。这并不是因为“人心不古”，乃是因为人事不古。近代人需要等等知识为生活的资助，大势所趋，必不能在短期间产生纯粹的或深邃的专家。故为学要先多能，然后专攻，庶几可以自存，可以有所贡献。吾人生于今日，对于学问，专既难能，博又不易，所以应于上列“三途”中至少要兼“二程”。兼多闻与深思者为文学家，兼多闻与能干的为科学家。就是说一个人具有学者与思想家的才能，便是文学家；具有学者与专业家的功能的，便是科学家。文学家与科学家同要具学者的资格，所不同者，一是偏于理解，一是偏于作用；一是修文，一是格物（自然我所用科学家与文学家的名字是广义的）。进一步说，舍多闻既不能有深思，亦不能生能干，所以多闻是为学根本。多闻多见为学者应有的事情，如人能够做到，才算得过着书虫的生活。当彷徨于学问的歧途时，若不能早自决断该向哪一条路走去，他的学业必致如荒漠的沙砾，既不能长育生灵，又不堪制作器用。即使他能下笔千言，必无一字可取。纵使他能临事多谋，必无一策能成。我邦学者，每不善于过书虫生活，在歧途上既不能慎自抉择，复不虚心求教。过得去时，便充名士；过不去时，就变劣绅，所以我觉得留学而学普通知识，是一个民族最羞耻的事情。

我每觉得我们中间真正的书虫太少了。这是因为我们当学生的多半穷乏，急于谋生，不能具足上说五种求学条件所致。从前生活简单，旧式书院未变学堂的时代，还可以希望从领膏火费的生员中造成一二。至于今日的官费生或公费生，多半是虚掷时间和金钱的。这样的光景在留学界中更为显然。

牛津的书虫很多，各人都能利用他的机会去钻研，对于有学无财的人，各学院尽予津贴，未卒业者为“津贴生”，已卒业者为“特待校友”，特待校友中有一辈以读书为职业的。

要有这样的待遇，然后可产出高等学者，在今日的中国要靠著作度日是绝对不可能的，因社会程度过低，还养不起著作家。……所以著作家的生活与地位在他国是了不得，在我国是不得了！著作家还养不起，何况能养在大学里以读书为生的书虫？这也许就是中国的“知识阶级”不打而自倒的原因。

面　具

许地山

人面原不如那纸制的面具哟！你看那红的、黑的、白的、青的、喜笑的、悲哀的、目眦怒得欲裂的面容，无论你怎样褒奖，怎样弃嫌，它们一点也不改变。红的还是红，白的还是白；目眦欲裂的还是目眦欲裂。

人面呢？颜色比那纸制的小玩意儿好而且活动，带着生气。可是你褒奖他的时候，他虽是很高兴，脸上却装出很不愿意的样子；你指摘他的时候，他虽是懊恼，脸上偏要显出勇于纳言的颜色。

人面到底是靠不住呀！我们要学面具，但不要戴它，因为面具后头应当让它空着才好。

观沙砾记

贾平凹

正是中午，我在岸边的柳荫下乘凉，一抬头，看见河滩的沙地里，腾腾的有着一层雾气，一丝一缕的，曲线儿的模样。看得久了，又似若有若无，灿灿的却在那雾气之中，有了什么在闪光，有的如火苗，那么一小朵，里圈是红的，外围是白的，飘忽不可捉摸；有的如珍珠，跳耀着无数光环，目不能细辨，似乎其中有红、黄、绿、紫的色彩；有的如星星，三角形的，五角形的，光芒乍长乍短。我一时不知这是什么东西，叫小女儿去寻看，只是一片河滩，满地沙砾，漠漠视而不识，而升腾的雾气灼灼，使人不能久站。回到柳荫下又看，那光亮又在那里闪耀。女儿照着一点光走去，双手捡起，捂在掌内走过来，看时，乃是一块小小的沙石片儿。

石片极平凡，三角形状，边角已成光滑，上边隐隐有几道石纹，并不算美；放在手中，不见有彩，拿近眼前，黯然无光。女儿很是纳闷，问：它在沙滩灿烂，在这里失色，这是怎么回事?

是怎么回事，我也不得其解。反复揣摩石片，想起“橘生淮南则为橘，生于淮北则为枳”的古语，猜这是地方不同所致，这石片或是从山上来的，风吹雨打，裂成碎片，随水走川过峡，万里浪淘，停在这河滩里了；这水，这气，这日，才使其显了本色，互相辉映，有了灿灿之光。如今拿在手中，没了那些就得不到其天然色泽了。由此看来，天上的星星，也是这样：它在天上，便有光亮，成其为星，落在地上了，纯乎一块陨石。有人幻想上天摘星，以此炫耀，恐怕摘下来，也是一块冰冷顽石吧！再去推想，我们居住的地球，我们看来，是土，是石，可从别的星球看去，也一定会有光有色。那么，鱼在水里，有动有神，来来去去，可谓悠然，若捞上岸来，便会翅不如毛，尾亦无力了。鸟在云际，有容有声，高高低低，可谓自若，若坠入水去，便要有翅不能飞，有爪不能划了。世上什么东西生存，只有到了它生存的自然之中，才见其活力，见其本色，见其生命，见其价值。人往往有其好心，忽视自然规律，欲以己之意，加于他物，结果往往适得其反。

沙砾本是无情，也有如此属性，而万千世界，人为第一，百人百貌，百貌百性，不能定然，不可固一。应是让其在充分发挥自己的条件下，不拘一格，各呈其才。那么，人便更是活的，就有生气，就有创造，这个人世就有了最伟大的、最光辉的色彩。

女儿还在哀叹沙砾，说是死了，是不是还能再活？我让女儿把那石片儿抛到河滩去，站在柳荫下静观，便见又灿灿然，烁烁然了。女儿笑之，我亦笑之，沙砾似乎也在笑，一闪一闪的，绽闪着金色的微笑。

地平线

贾平凹

小的时候，我才从秦岭来到渭北大平原，最喜欢骑上自行车在路上无拘无束地奔驰。庄稼收割了，又没有多少行人，空旷的原野上稀落着一些树丛和矮矮的屋。差不多一抬头，就看见远远的地方，天和地相接了。

天和地已经不再平行，形成个三角形，在交叉处是一道很亮的灰白色的线，有树丛在那里伏着。

“啊，天到尽头了！”

我拼命向那树丛奔去。骑了好长时间，赶到树下，但天地依然平行；在远远的地方，又有一片矮屋，天地相接了，又出现那道很亮的灰白色的线。

一个老头迎面走来，胡子飘在胸前，悠悠然如仙翁。

“老爷子，你是天边来的吗？”我问。

“天边？”

“就是那一道很亮的灰白线的地方。去那儿还远吗？”

“孩子，那是永远走不到的地平线呢。”

“地平线是什么？”

“是个谜吧。”

我有些不大懂了，以为他是骗我，就又对准那一道很亮的灰白色线上的矮屋奔去。然而我失败了：矮屋那里天地平行，又在远远的地方出现了那一道地平线。

我坐在地上，咀嚼着老头的话，想这地平线，真是个谜了。正因为是个谜，我才要去解，跑了这么一程。它为了永远吸引着我和与我有一样兴趣的人去解，才永远是个谜吗？

从那以后，我一天天大起来，踏上社会，生命之舟驶进了生活的大海。但我却记住了这个地平线，没有在生活中沉沦下去，虽然时有艰辛、苦楚、寂寞。命运和理想是天和地的平行，但又总有交叉的时候。那个高度融合统一的很亮的灰白色的线，总是在前边吸引着你。永远去追求地平线，去解这个谜，人生就充满了新鲜、乐趣和奋斗的无穷无尽的精力。

向日葵和石头

严文井

种子成熟了，落到土里，以后又发芽，生长。这件事本来很自然，很合理，没想到有一粒种子却因此触犯了一块石头。

那是一块古老的石头。据说他最爱安静，他的行动十分稳健。多少年来，不论世界上发生了多大的变化，他都能沉住气，保持一个一动也不动的姿态。不用说，他认为自己很有见解，也很有涵养。因此他打算著书立说。他的计划当中有一部哲学，据说里面包括这样一些伟大而深刻的专题，比方：论不变动是宇宙的规律；论黑暗的永恒性和美；论石头对于存在的决定性；论安静与严静之为幸福，等等。有一天，当他正在思考哲学计划的时候，忽然有一粒种子，未经他的许可，大模大样地闯进他的世界来了，而且从此留下不走。这使得他大为恼火。不仅他的安宁受到了扰乱，而且，最糟糕的是，他的哲学体系被破坏了。

石头决心改变这种局面。可是这很不容易。他既不能完全否认种子的存在，又没有力量把种子驱逐出去。他想来想去，最后想到了一个办法。他决心在自己的哲学里添上这么一章，题目叫作：论种子的丑陋及其对宇宙安宁的破坏，很快必将自行毁灭，等等。

“等着瞧吧！”有涵养的石头自言自语说，“就算你也是一种存在，可是你生出来没几天，个儿小，又不结实，看你还能活几天！”

种子当然没有理会这些。他不但继续留下来，而且越来越不安分。他居然还呼吸，居然还唱歌。他喜欢唱一些关于生长和发展的歌。歌里面老是什么温暖啦，春天啦，这一类的话，乐观得很，自信得很。

有涵养的石头变得非常激动：

“等着瞧吧！马上就会刮风的。”

于是素来欢喜安静的石头居然一心盼望起刮风来了，他认为刮风会冻坏柔弱的种子，而他认为自己是既不怕冷也不怕热的。

风倒是刮起来了，而且是一阵风接一阵风。先是冷风，后是热风。或者说，是冷风带来了热风，寒冷带来了温暖，冬天带来了春天。终于，春天在风声里出现了。

不安分的种子不但没有冻死，反而发了芽，生了根。他的根从石头下面穿过去，他的芽从石头旁边挤出来，露出了土面。“先别忙得意，等着瞧吧！”石头还是不服输。于是石头又盼望下雨。虽然，严格说来，他不怎么喜欢这一类事情。他认为雨水会淹死种子，而他自己好像是既不怕潮湿又不怕干燥的。

不久，真的下雨了。雷鸣电闪，地动山摇。这种景象使得那盼望下雨的石头也不禁战栗起来。可是，嫩芽不但不畏惧，反而快乐地迎接雨水，旺盛地生长起来。接连几场大雨以后，嫩芽变成了一棵完美的向日葵。

“等着瞧吧！”不服输的石头还是这样一句话。

他想：也许小向日葵不能长大。也许，他再长高，就支持不住自己的重量，会突然倒下来的。

小向日葵并不因这些诅咒而停止生长。他的根一天天往深处扎，他的茎一天天变得更粗壮更结实，他的叶子一天天长得更茂盛。终于有一天小向日葵变成了大向日葵，开了一朵很大很大的金黄色的花。花向着太阳，不知疲倦地随着太阳转，以后结了许多许多种子。接着，新的种子又开始了新的成熟，准备落到新的土壤里去，长出新的向日葵来。

至于那块伤心的石头呢，他的哲学著作当然永远不会完成了，但他的结局倒不完全是悲剧的。他在冷和热不断交战，在潮湿和干燥不断更替，在植物根不断穿透以后，终于破裂了，变成了植物的养料。

习　惯

严文井

有一天，一头猪到马厩里去看望他的好朋友老马，并且准备留在那里过夜。

天黑了，该睡觉了，猪钻进了一个草堆，躺得舒舒服服的。但是，过了好久，马还站在那儿不动。猪问马为什么还不睡。马回答说，他这样站着就算已经开始睡觉了。猪觉得很奇怪，就说：

“站着怎么睡觉呢，这样是一点也不安逸的。”

马回答说：

“安逸，这是你的习惯。作为马，我们习惯的就是奔驰。所以，就是在睡觉的时候，我们也随时准备奔驰。”

世界一点也不稀奇

严文井

从前，当我还是一个小孩的时候，我胆小而且害羞。我喜欢一个人躲在一间阴湿的小房内。

我常常是一个人独自待着。

后来有一天，我不得不离开我的小房间了。

我来到一个月台上。我将要到一个新地方去。我害怕得哭起来。

这时候有一个人走过来，用手抚摸我的脸。

“哭什么？”他问，“好孩子，你的眼睛多么明亮哪！”

他是一个中年人，有一个扁扁的鼻子，一双弯弯的眼睛，一张大嘴，两道笑纹刻在他嘴旁。

“我要离开这里，到别处去。”

“那么，你就因此害怕而哭。哈哈！”

他睨视着我，拿出手绢来揩我的眼泪。

“没有什么，不要那样！世界就是这么回事，一点也不稀奇。电灯总是吊在电线的下面，是不是？瓦总是盖在屋顶上，是不是？树叶总是长在树枝上，你懂得这些就够了。小孩，你一定是不曾外出过的。你惯于藏躲。你也惯于梦想。你却不知道一些平常的东西。哎呀，这似乎是在教训你。你不爱听教训，我再谈一些别的。你知道车子的意思吗，那东西可以带你到四方去。你知道食物的意思吗，那东西可以止住你的饥饿，余外就再没有什么了不起的价值。别人打你一下，你回敬他一拳；别人骂你，你就诅咒他；别人夸奖你，你就表示高兴；你一个人走，有清静的快乐；你同一个人一起走，你就有了一个伴；你同许多人一起走，你就会感到热闹；只要你敢走，怎么样都好。你应该学会找到你所需要的东西，然后快快活活地唱。世界一点也不特别，张开你的嘴，唱吧！火车已经来了。”

他又跟我谈了好多，他告诉我，他已经旅行过一百次。

我懂，或者不懂，但是我点了点头。他快活地笑了。

于是我来到这个世界上。

回声的结局

严文井

在山谷里，只要有一个声音，就会产生一个同样的回声。有多少声音，就会有多少同样的回声。

回声是相当固执、相当自负的，他自认为比产生他的声音强。有一天，他竟然提出要跟声音比赛谁最有能耐和口才。

声音说：

“比就要比创造性。”

回声立即跟着说：

“比就要比创造性。”

声音说：

“但是你只会重复。”

回声毫不相让：

“但是你只会重复。”

声音说：

“你应该学会谦虚一点。”

回声毫不犹豫地回敬一句；

“你应该学会谦虚一点。”

总之，只要声音说一句，回声也照样说一句，顽固地顶了回去。

这场比赛，单调地进行了很久，看来是得不到一个结局了。

后来，声音有些激动了，就说：

“我不跟你争吵了。”

回声也生气地重复着：

“我不跟你争吵了。”

声音忍耐了一下，真的就不响了。

回声还想接着顶一句什么话，但是这一下糟了，他什么也说不出来了。

从今以后，假如声音能坚持下去，永远不再开口，回声也就没办法再进行什么比赛，再继续争辩自己的优越性，而且，他只好从世界上消灭了。这就是回声所应该得到的结局。

野　牛

张天翼

一群野牛过境，遇见了老虎。他们立刻排成一个圆形，脸冲外，把小牛们护在圆圈中间。他们看见有一个带着两个小的在旁边徘徊，就向他叫：

“快来参加呀！这是大家的事！”

那只牛自言自语着：“我自顾还不暇呢，来管大家的事！”带着两个小的就往山谷里躲。

老虎无法攻那个圆圈阵，就扑上了山谷里的几个。那只牛越想越想不通，怎么别人都没事，只有他一家子要遭殃呢？后来忽然记起了一层道理，他只是叹了一声：

“命也夫，命也夫！”

老虎笑眯眯地说：

“我非常赞赏你的这种人生态度。”

雨伞下

张爱玲

下大雨，有人打着伞，有人没带伞。没伞的挨着有伞的，钻到伞底下去躲雨，多少有点掩蔽，可是伞的边缘滔滔流下水来，反而比外面的雨更来得凶。挤在伞沿下的人，头上淋得稀湿。

当然这是说教式的寓言，意义很明显：穷人结交富人，往往要赔本。某一次在雨天的街头想到这一节，一直没有写出来，因为太像讷厂先生茶话的作风了。

爱

张爱玲

这是真的。

有个村庄的小康之家的女孩子，生得美，有许多人来做媒，但都没有说成。那年她不过十五六岁吧，是春天的晚上，她立在后门口，手扶着桃树。她记得她穿的是一件月白的衫子。对门的年轻人同她见过面，可是从来没有打过招呼的，他走了过来。离得不远，站定了，轻轻地说了一声：“哦，你也在这里吗？”她没有说什么，他也没有再说什么，站了一会儿，各自走开了。

就这样就完了。

后来这女子被亲眷拐子卖到他乡外县去做妾，又几次三番地被转卖，经过无数的惊险的风波，老了的时候她还记得从前那一回事，常常说起，在那春天的晚上，在后门口的桃树下，那年轻人。

于千万人之中遇见你所遇见的人，于千万年之中，时间的无涯的荒野里，没有早一步，也没有晚一步，刚巧赶上了，那也没有别的话可说，唯有轻轻地问一声："哦，你也在这里吗？"

迟　暮

张爱玲

多事的东风，又冉冉地来到人间，桃红支不住红艳的酡颜而醉倚在封姨的臂弯里，柳丝趁着风力，俯了腰肢，搔着行人的头发，成团的柳絮，好像春神足下坠下来的一朵朵的轻云，结了队儿，模仿着二月间漫天舞出轻清的春雪，飞入了处处帘栊。细草芊芊的绿茵上，沾濡了清明的酒气，遗下了游人的屐痕车迹。一切都兴奋到了极点，大概有些狂乱了吧？在这缤纷繁华目不暇接的春天！

只有一个孤独的影子，她，倚在栏杆上；她有眼，才从青春之梦里醒过来的眼还带着些蒙眬睡意，望着这发狂似的世界，茫然地像不解这人生的谜。她是时代的落伍者了，在青年的温馨的世界中，她在无形中已被摈弃了。她再没有这资格，心情，来追随那些站立时代前面的人们了！在甜梦初醒的时候，她所有的惟有空虚，怅惘；怅惘自己的黄金时代的遗失。

咳！苍苍者天，既已给与人们的生命，赋与人们创造社会的青红，怎么又吝啬地只给我们仅仅十余年最可贵的稍纵即逝的创造时代呢？这样看起来，反而是朝生暮死的蝴蝶为可羡了。它们在短短的一春里尽情地酣足地在花间飞舞，一旦春尽花残，便爽爽快快地殉着春光化去，好像它们一生只是为了酣舞与享乐而来的，倒要痛快些。像人类呢，青春如流水一般的长逝之后，数十载风雨绵绵的灰色生活又将怎样度过？

她，不自觉地已经坠入了暮年人的园地里，当一种暗示发现时，使人如何的难堪！而且，电影似的人生，又怎样能挣扎？尤其是她，十年前痛恨老年人的她！她曾经在海外壮游，在崇山峻岭上长啸，在冻港内滑冰，在广座里高谈。但现在呢？往事悠悠，当年的豪举都如烟云一般霏霏然地消散，寻不着一点的痕迹，她也惟有付之一叹，青年的容貌，盛气，都渐渐地消磨去了。她怕见旧时的挚友。她改变了的容貌，气质，无非添加他们或她们的惊异和窃议罢了。为了躲避，才来到这幽僻的一隅，而花，鸟，风，日，还要逗引她愁烦。她开始诅咒这逼人太甚的春光了。……

灯光绿黯黯的，更显出夜半的苍凉。在暗室的一隅，发出一声声凄切凝重的磬声，和着轻轻的喃喃的模模糊糊的诵经声，“黄卷青灯，美人迟暮，千古一辙”。她心里千回百转地想，接着，一滴冷的泪珠流到冷的嘴唇上，封住了想说话又说不出的颤动着的口。

焰火和北斗

黄瑞云

几支花炮被送上了天空，顷刻之间天空里布满了令人眼花缭乱的焰火。

“伙计们，”一支焰火叫道，“你们看到没有，上面就是那有名的北斗。多大的名气！然而它已多么地暗淡无光！”

“一点不错，”另一支焰火正腾空而起，响应着说，“北斗只不过虚有其名，本来就没有什么光辉，而且就要熄灭了；现在大家都看着我们！”

“其实呀，”第三支焰火冒了上来，叫道，“这个世界在我们之前根本就是一片黑暗，是我们开始才有了光明！”

那些得意忘形的火花，不断地迸发，闪耀，宛转翻腾，笼罩一切，俨然就是世间的主宰。

北斗星在天边沉默着。

但是，人们心里明白，这不过是瞬息的荣华，要不了好久就会烟消火灭，玉宇澄清，北斗星将永远高悬在天际！

墙头草和风信标

黄瑞云

墙头草对风信标说：“人们常常指责我们风吹两边倒，其实风来的时候，你比谁都转得快，可人们对你却不加非议；这未免太不公平了。”

“不。”风信标回答说，“辨明风向，是我的职责。只要略有风声，立即准确地指明风向，让人们有所警觉，采取措施，是有好处的。可你们呢？当微风初起，你们摇摇晃晃，模模糊糊地静观局势，到真正风来的时候即望风而靡。这和指明风向，怎么能够混为一谈呢？”

蛛网和家

陆　鑫

家，是蛛网的中心，四面八方的道路，都奔汇到这中心。

家，是蛛网的中心，回忆的微丝，有条不紊地层层环绕这中心。

人是不比蜘蛛聪明。当蜘蛛乘着春风作冒险的尝试时，往往陷于不能预知的运命，而人们的憧憬，又往往是世外的风土人情。

小小的虫，撇下多少无人补缀的尘封的网！

游子的家呢，只有脑中留着依稀相识的四面八方的道路和残缺不全的回忆而已。

鼓楼上的麻雀

金　江

从前，一对麻雀飞到京城的鼓楼上的檐椽间住了下来。

这对麻雀觉得自己的家能安在这座富丽堂皇的宫楼上面，真是无上荣耀。

雌雀说：“这宫楼比我们过去住的草窝阔气多了！”

雄雀说：“不错，住在这儿，我们的身价也高了，我们已不是普通的麻雀了。”

谁知他们头一天从外面寻食回来，刚钻进窝里闭上眼，忽然听见像炮轰般的隆隆声，震得鼓楼都颠动起来，吓得他们赶紧逃了出来。原来每日到了时间，鼓楼都要击鼓的。

鼓响了一阵，不响了。这对麻雀才惊魂甫定，飞回窝里。

雌雀说：“这里不是我们安身之所，还是搬回到我们原来的草窝去住吧。”

雄雀说：“这么富丽堂皇的住所，哪儿再能找到？还是先住住看再说。”

后来，他们渐渐掌握了鼓楼每天击鼓的时间和规律，也慢慢地习惯了。

他们在窝里贮存了粮食，生了蛋，要孵小麻雀了。

在雌雀的精心伏孵和照料下，五只小麻雀出世了。这对新做父母的麻雀，望着自己的可爱的小雏，心里真高兴。

雄雀咧着嘴说：“小东西，你们可知道，你们是出生在多么高贵的门第吗？”

雌雀也为自己的孩子们的好命运而微笑着。

谁知那天他们正在欢乐喜庆的时刻，鼓楼到了时间又“轰隆，轰隆”地击鼓了。

这隆隆雷响般的声音，竟把五只刚出世的小麻雀吓懵了，从窝里被震得掉了下来，都跌死了。

雌雀流着泪对雄雀说：“我早就说过，这富丽堂皇的宫楼不是我们安身之所。金窝、银窝比不上自己的草窝。如果我们不留恋富贵荣华，也不会有这场灾难了！”

不用文字的书和信

叶圣陶

人类在创造文字之前，常常用一些奇妙的方法来帮助记忆。我国古代就有“结绳记事”的方法。发生了一件事儿，就在绳子上打一个结。各个结大小不同，形式也各别，表示那些事儿重要不重要，属于什么种类。往后看了这些绳结，就记起以前经历的许多事儿。

现在世界上还有一些民族没有文字，他们还用“结绳记事”的方法。还有一些民族用贝壳来代替绳结。贝壳大小不一，颜色形状也有许多种，比绳结容易分辨。一条穿着好些贝壳的带子，在他们看来，就是一本书，读了这本书，他们可以知道本民族的许多故事。

不但如此，在创造文字之前，有些民族已经有了通信的方法，跟记事用绳结或贝壳一个样，也用一些东西来表示意思。譬如这一族送给那一族一根枪或者一支箭，这就是一封宣战书。那一族收到了，就拿起武器来，准备战斗，决不会误会成别的意思。

从前有一个民族送给相邻的民族一封信。这封信一共四样东西：一只死鸟，一只死老鼠，一只死青蛙，还有五支箭。这些东西包含着什么意思呢？就是说：“你们能像鸟儿一样在天空中飞，像老鼠一样在地底下藏，像青蛙一样在湖面上跳跃吗？如果不能，休想跟我们打仗。什么时候你们的脚踏上我们的土地，我们就用乱箭来对付你们！”

如果有一天，我们从邮差手里收到一个包裹，解开一看，没有别的，只是死鸟死老鼠这些东西，我们惟有连声叫怪，猜想是哪一个淘气的朋友寄来开玩笑的。谁知道在古代，这样一包东西却是一封严厉的信。

五月卅一日急雨中

叶圣陶

从车上跨下，急雨如恶魔的乱箭，立刻打湿了我的长衫。满腔的愤怒，头颅似乎戴着紧紧的铁箍。我走，我奋疾地走。

路人少极了，店铺里仿佛也很少见人影。哪里去了！哪里去了！怕听昨天那样的排枪声，怕吃昨天那样的急射弹，所以如小鼠如蜗牛般蜷伏在家里，躲藏在柜台底下么？这有什么用！你蜷伏，你躲藏，枪声会来找你的耳朵，子弹会来找你的肉体：你看有什么用？

猛兽似的张着巨眼的汽车冲驰而过，泥水溅污我的衣服，也溅及我的项颈。我满腔的愤怒。

一口气赶到“老闸捕房”门前，我想参拜我们的伙伴的血迹，我想用舌头舔尽所有的血迹，咽入肚里。但是，没有了，一点儿也没有了！已经给仇人的水龙头冲得光光，已经给烂了心肠的人们踩得光光，更给恶魔的乱箭似的急雨洗得光光！

不要紧，我想。血曾经淌在这块地方，总有渗入这块土里的吧。那就行了。这块土是血的土，血是我们的伙伴的血。还不够是一课严重的功课么？血灌溉着，滋润着，将会看到血的花开在这里，血的果结在这里。

我注视这块土，全神地注视着，其余什么都不见了，仿佛自己整个儿躯体已经融化在里头。

抬起眼睛，那边站着两个巡捕：手枪在他们的腰间：泛红的脸上的肉，深深的颊纹刻在嘴的周围，黄色的睫毛下闪着绿光，似乎在那里狞笑。

手枪，是你么？似乎在那里狞笑，是你么？

“是的，是的，就是我，你便怎样！”——我仿佛看见无量数的手枪在点头，仿佛听见无量数的张开的大口在那里狞笑。

我舔着嘴唇咽下去，把看见的听见的一齐咽下去，如同咽一块粗糙的石头，一块烧红的铁。我满腔的愤怒。

雨越来越急，风把我的身体卷住，全身湿透了，伞全然不中用。我回转身走刚才来的路，路上有人了。三四个，六七个，显然可见是青布大褂的队伍，中间也有穿洋服的，也有穿各色衫子的短发的女子。他们有的张着伞，大部分却直任狂雨乱泼。

他们的脸使我感到惊异。我从来没有见到过这么严肃的脸，有如昆仑之耸峙；我从来没有见到过这么郁怒的脸，有如雷电之将作。青年的清秀的颜色隐退了，换上了北地壮士的苍劲。他们的眼睛将要冒出焚烧一切的火焰，抿紧的嘴唇里藏着咬得死敌人的牙齿……

佩弦的诗道，“笑将不复在我们唇上！”用来歌咏这许多张脸正合适。他们不复笑，永远不复笑！他们有的是严肃与郁怒，永远是严肃的郁怒的脸。

青布大褂的队伍纷纷投入各家店铺，我也跟着一队跨进一家，记得是布匹庄。我听见他们开口了，差不多掏出整个的心，涌起满腔的血，真挚地热烈地讲着。他们讲到民族的命运，他们讲到群众的力量，他们讲到反抗的必要；他们不惮郑重叮咛的是“咱们是一伙儿”！我感动，我心酸，酸的痛快。

店伙的脸也比较严肃了；他们没有话说，暗暗点头。

我跨出布匹庄。“中国人不会齐心呀！如果齐心，吓，怕什么！”听到这句带有尖刺的话，我回头去看。

是一个三十左右的男子，粗布的短衫露着胸，苍黯的肤色标记他是在露天出卖劳力的。他的眼睛放射出英雄的光。

不错呀，我想。露胸的朋友，你喊出这样简要精练的话来，你伟大！你刚强！你是具有解放的优先权者！——我虔敬地向他点头。

但是，恍惚有蓝袍玄褂小髭须的影子在我眼前晃过，玩世的微笑，又仿佛鼻子里轻轻地一声“嗤”。接着又晃过一个袖手的，漂亮的嘴脸，漂亮的衣着，在那里低吟，依稀是“可怜无补费精神”！袖手的幻化了，抖抖地，显出一个瘠瘦的中年人，如鼠的觳觫的眼睛，如兔的颤动的嘴唇，含在喉际，欲吐又不敢吐的是一声“怕……”

我如受奇耻大辱，看见这种种的魔影，我诅咒你们：你们是拦路的荆棘！你们是伙伴的牵累！你们灭绝！你们消亡！永远不存一丝儿痕迹于这块土地上！

有淌在路上的血，有严肃的郁怒的脸，有露胸朋友那样的意思，“咱们一伙儿”，有救，一定有救，——岂但有救而已。

我满腔的愤怒。再有露胸朋友那样的话在路上吧？我向前走去。

依然是满街恶魔的乱箭似的急雨。

没有秋虫的地方

叶圣陶

阶前看不见一茎绿草，窗外望不见一只蝴蝶，谁说是鹁鸽箱里的生活，鹁鸽未必这样趣味干燥呢。秋天来了，记忆就轻轻提示道：“凄凄切切的秋虫又要响起来了。”可是一点影响也没有，邻舍儿啼人闹、弦歌杂作的深夜，街上轮震石响、邪许并起的清晨，无论你靠着枕儿听，凭着窗沿听，甚至贴着墙角听，总听不到一丝的秋虫的声息。并不是被那些欢乐的劳困的宏大的清亮的声音淹没了，以致听不出来，乃是这里本没有秋虫这东西。呵，不容留秋虫的地方！秋虫所不屑留的地方！

若是在鄙野的乡间，这时令满耳是虫声了。白天与夜间一样地安闲；一切人物或动或静，都有自得之趣；嫩暖的阳光或者轻淡的云影覆盖在场上，到夜呢，明耀的星月或者徐缓的凉风看守着整夜，在这境界这时间唯一的足以感动心情的就是虫儿们的合奏。它们高、低、宏、细、疾、徐、作、歇，仿佛曾经过乐师的精心训练，所以这样地无可批评，踌躇满志。其实他们每一个都是神妙的乐师；众妙毕集，各抒灵趣，哪有不成人间绝响的呢。虽然这些虫声会引起劳人的感叹，秋士的伤怀，独客的微喟，思妇的低泣；但是这正是无上的美的境界，绝好的自然诗篇，不独是旁人最欢喜吟味的，就是当境者也感受一种酸酸的麻麻的味道，这种味道在一方面是非常隽永的。

大概我们所蕲求的不在于某种味道，只要时时有点儿味道尝尝，就自诩为生活不空虚了。假若这味道是甜美的，我们固然含着笑意来体味它；若是酸苦的，我们也要皱着眉头来辨尝它；这总比淡漠无味胜过百倍。我们以为最难堪而亟欲逃避的，惟有这一个淡漠无味！

所以心如槁木不如工愁多感，迷蒙的醒不如热的梦，一口苦水胜于一盏白汤，一场痛哭胜于哀乐两忘。但这里并不是说愉快乐观是要不得的，清健的醒是不须求的，甜汤是罪恶的，狂笑是魔道的。这里只说有味总比淡漠远胜罢了。

所以虫声终于是足系恋念的东西。又况劳人、秋士、独客、思妇以外还有无量的人，他们当然也是酷嗜味道的，当这凉意微逗的时候，谁能不忆起那妙美的秋之音乐？

可是没有，绝对没有！井底似的庭院，铅色的水门汀地，秋虫早已避去惟恐不速了。而我们没有它们的翅膀与大腿，不能飞又不能跳，还是死守在这里。想到“井底”与“铅色”，觉得象征的意味丰富极了。

论“基本属实”

吕叔湘

9月5日晚报“《古城纵横》的回音”栏里有这么一条：“河南饭庄来信：贵报反映我饭庄饭菜内有蝇事，经查基本属实。……”

乍一看，没什么，再一想，不对头。到底饭菜里边是有苍蝇呀还是没苍蝇？有苍蝇就是“属实”，没苍蝇就是“不实”，这个“基本属实”应该怎么理解呢？

且去查查老底再说。一查查到8月22日晚报的《古城纵横》栏，里边有一条：“三日，去河南饭庄吃饭，刚吃几口，发现菜里有两个黑东西，竟是两只死苍蝇！……”

原来如此。莫非查明了苍蝇是有的，但是只有一只？——有，所以是“属实”，但是数目不对，所以是“基本”属实？是这么回事吗？那就应当说清楚。可是来信只说“饭菜内有蝇事”，那“基本属实”就不好理解。其实呀，8月3日的事情，

8月22日见报才去查问，那苍蝇究竟是一只还是两只，还是三只，大概是谁也记不清了，所以只说有无，不提数目。那么为什么又是“基本”属实呢？因为老老实实地说，“有这么回事”，实在有点不好意思，给它来个“基本”，打个折扣。没想到既然没有数目，折扣就无从打起。

总要有个数量问题，或者说是程度问题，才用得上“基本”二字。基本如何如何，意思是十之八九如何如何。比如说：基本可行，基本有效，基本同意，基本够用，基本吃素，基本不出门……这些都是有意义的。反之，像基本必要，基本困难，基本严重，基本发烧……就不大好理解。要说二加二基本等于四，或者说某某和某某基本不结婚，基本不生孩子，那就近于说笑话了。虽然类似这样的笑话不容易发现，可是类似“菜内有蝇基本属实”的话，只要对报刊文字，特别是内部文件稍加注意，那是经常会遇到的。

结论：“基本”这个词基本有用，但不是到处可用。

咬菜根

朱　湘

咬得菜根，百事可做。这句成语便是我们祖先留传下来教我们不要怕吃苦的意思。

还记得少年的时候，立志要做一个轰轰烈烈的英雄。当时不知在哪本书内发见了这句格言，于是拿起案头的笔将它恭楷抄出，粘在书桌右方的墙上；并且在胸中下了十二分的决心，在中饭时候一定要牺牲别样的菜不吃而专咬菜根。上桌之后，果然战退了肉丝焦炒香干的诱惑，致全力在青菜汤的碗里搜求菜根。找到之后，一面着力地咬，一面又在心中决定：将来做了英雄的时候，一定要叫老唐妈特别为我一人炒一大盘肉丝香干，摆上得胜之筵。

萝卜当然也是一种菜根了。一个新鲜的早晨，在卖菜的吆喝声中起身，披衣出房，看见桌上放着一碗雪白的热腾腾的粥，粥碗前一盘腌菜，有长条的青色的豇豆，有灯笼形的通红的辣椒，还有萝卜，米白色而圆滑，有如一些煮熟了的鸡蛋。这与范文正的淡黄齑差得多远！我相信那个说咬得菜根、百事可做的老祖宗，看见了这样一顿早饭，决定会摇他那白发的头的。

还有一种菜根，白薯，但是白薯并不难咬。我看我们的那班能吃苦的祖先，如果由奈何桥或是望乡台在过年过节的时候回家，我们决不可供些什么煮得木头般硬的鸡，或是浑身有刺的鱼，因为他们老人家的牙齿都掉完了，一定领略不了我们这班后人的孝心，我们不如供上一盘最容易咬的食品——煮白薯。

如果咬菜根能算得艰苦卓绝，那我简直可以算得艰苦卓绝中最艰苦的人了：因为我不单能咬白薯，并且能咬这白薯的皮。给我一个刚出灶的烤白薯我是百事可做的，甚至教我将那金子一般黄的肉统统让给你，我都做得到，惟独有一件事我却不肯做，那就是把烤白薯的皮也让给你。它是全个烤白薯的精华，又香，又脆，正如那张红皮是全个红烧肘子的精华一样。

山药、慈姑也是菜根，但是你如果拿他们来给我咬，我并不拒绝。

我并非一个主张素食的人，但我并不反对咬菜根。据西方植物学者调查，中国人吃的蔬菜有600种，比他们多六倍——我宁可这600种的菜根种种都咬到，都不肯咬一咬那名扬四海的猪尾，或者那摇尾乞怜的狗尾，或者那长了疮脓血也不多的耗子尾巴。

旅行的动机

孙福熙

狮有四条腿，攀到岩石的顶上，伸头出树梢，探望群兽的踪迹；有时跳到深谷中，痛饮瀑布根处清凉的泉水。鹤有两条腿，涉过沙滩浮在波涛中洗澡；又有两只翼，飞上云霄长啸震天地。就是被人驯养的鸡鸭，牢笼了一晚，在早上被放出来时，还知记念它们已失的本能，提起两足，鼓动两翼，飞上石级或篱笆。生在水中的鱼，也长许多鳍，龙门之水往下流，它却逆水向上游；它们渡过太平洋，从亚洲游到美洲，又渡过大西洋，从美洲游到欧洲。萤是小虫了，然而也知道可惜时间，携灯夜游。就是些小的蜉蝣，也知利用顷刻的生命，作几度岸边与水面间的飞舞。我的肢体之不如虫鱼鸟兽，还不是我个人的过失；我的肢体之渐趋于懈怠，实在是我的大耻辱！

凡是船，不论有无惊涛怒浪，都要开出去；倘若它想安静些，怕颠覆，或怕打动如镜的水面，水便要迫它生绿苔如人之被迫于年龄而生胡髭。世间没有所谓安静的存在，即使你宣言你是睡眠了，你就会遇见梦的惊扰；即使你宣言你是死亡了，你就会遇见豺狼蝇虻。你怕走在车前，被车马追逐；但当走在它的后面时，你就一口一口地吃它簸扬起来的尘沙。……倘若是一条箭，虽然没有人放它在弓弦上，也该出发去找它的靶子。倘若是一叶风筝，没有飞起来，哪里能够知道风的东或西。我跳起来，虽然我的四肢无力；我飞起来，虽然我没有翼；我该去认识我所不认识的事物！

雨

郁达夫

周作人先生名其书斋曰“苦雨”，恰正与东坡的喜雨亭名相反。其实，北方的雨，却都可喜，因其难得之故。像今年那么大的水灾，也并不是雨多的必然结果；我们应该责备治河的人，不事先预防，只晓得糊涂搪塞，虚糜国帑，一旦有事，就互相推诿，但救目前。人生万事，总得有个变换，方觉有趣；生之于死，喜之于悲，都是如此，推及天时，又何尝不然？无雨哪能见晴之可爱，没有夜也将看不出昼之光明。

我生长江南，按理是应该不喜欢雨的，但春日暝蒙，花枝枯竭的时候，得几点微雨，又是一件多么可爱的事情！“小楼一夜听春雨”，“杏花春雨江南”，“天街细雨润如酥”，从前的诗人，早就先我说过了。夏天的雨，可以杀暑，可以润禾，它的价值的大，更可以不必再说。而秋雨的霏微凄冷，又是别一种境地，昔人所谓“雨到深秋易作霖，萧萧难会此时心”的诗句，就在说秋雨的耐人寻味。至于秋女士的“秋雨秋风愁煞人”的一声长叹，乃别有怀抱者的托辞，人自愁耳，何关雨事。三冬的寒雨，爱的人恐怕不多。但“江关雁声来渺渺，灯昏宫漏听沉沉”的妙处，若非身历其境者决领悟不到。记得曾宾谷曾以《诗品》中语名诗，叫作《赏雨茅屋斋诗集》。他的诗境如何，我不晓得，但“赏雨茅屋”这四个字，真是多么的有趣！尤其是到了冬初秋晚，正当“苍山寒气深，高林霜叶稀”的时节。

我撞上了秋天

郁达夫

今夏漫长的炎热里，凌晨那段时间大概最舒服。就养成习惯，天一亮，铁定是早上四点半左右，就该我起床，或者入睡了。

这是我的生活规律。

但是昨晚睡得早，十一点左右。醒来一看，天还没亮，正想继续睡去，突然觉得蚊子的嗡嗡和空气的流动有些特别，不像是浓酽的午夜，一看表，果不其然，已经五点了。

爬起来，把自个儿撸撸干净了，走出我那烟熏火燎的房间，刚刚步出楼道，我就让秋天狠狠撞了个斤斗。

先是一阵风，施施然袭来，像一幅硕大无朋的裙裾，不由分说就把我从头到脚挤了一遍，挤牙膏似的，立马我的心情就畅快无比。我在夏天总没冬天那么活力洋溢，就是一个脑子清醒的问题。秋天要先来给我解决一下，何乐不为。

压迫整整一夏的天空突然变得很高，抬头望去——无数烂银也似的小白云整整齐齐排列在纯蓝天幕上，越看越调皮，越看越像长在我心中的那些可爱的灵气，我恨不得把它们轻轻抱下来吃上两口。我在天空上看到一张脸。想起这首很久以前写的歌，心境已经大不相同了，人也已经老了许多——人老了么？我就一直站在那里看，看个没完没了，我要看得它慢慢消失，慢慢而坚固地存放在我这里。

来来往往的人开始多了，有人像我一样看，那是比较浪漫的，我祝福他们；有人奇怪地看我一眼，快步离去，我也祝福他们，因为他们在为了什么忙碌。生命就是这样，你总要做些什么，或者感受些什么，这两种过程都值得尊敬，不能怠慢。就如同我，要坚守阵地，如同一只苍老的羚羊，冷静地厮守在我的网络，那些坛子的钢丝边缘上。六点钟就很好了，园门口就有汁多味美的鲜肉大包子，厚厚一层红亮辣油翠绿香菜，还星星般点缀着熏干大头菜的豆腐脑，还有如同猫一样热情的油条，如同美丽娴静女友般的豆浆，还有知心好友一样外焦里嫩熨帖心肺的大葱烫面油饼。

这里这些鳞次栉比的房屋，每个窗户后面都有故事，或者在我这里发生过，或者是现在我想听的。每个梦游的男人都和我一样不肯消停，每个睡裙的女人都被爱过或者正在爱着，每个老人都很丰富，每个孩子都很新鲜。每条小狗都很生动，每只鸽子都很乖巧。每个早晨都要这样，虽然我已经不同以往，总是幻想奇遇，总是渴望付出烈火般的激情，又总是被乖戾的现实玩耍，被今天这难得的天气从狂热中唤醒。我已经不孤单了，是吧。

就是这个孤单，像一床棉被，盖在很高的高空，随着我房间人数的变化，或低落，或俯冲，或紧缠，或飘扬。美倒是美，狠了点儿，我知道。

噫吁嚱，我的北京，昨天交通管制的北京，今年全国夏季气温最高的北京，用这样清丽的秋天撞击我神经的北京，把我的生活彻底弄乱，把我的故事彻底展开，把我仔细地铺成一张再造白纸的北京啊。

钢铁假山

夏丏尊

案头有一座钢铁的假山，得之不费一钱，可是在我室内的器物里面，要算是最有重要意味的东西。

它的成为假山，原由于我的利用，本身只是一块粗糙的钢铁片，非但不是什么“吉金乐石”，说出来一定会叫人发指，是“一·二八”之役日人所掷的炸弹的裂块。

这已是三年前的事了。日军才退出，我到江湾立达学园去视察被害的实况，在满目凄怆的环境中徘徊了几小时，归途拾得这片钢铁回来。这种钢铁片，据说就是炸弹的裂块，有大有小，那时在立达学园附近触目皆是。我所拾的只是小小的一块，阔约六寸，高约三寸，厚约二寸，重约一斤。一面还大体保存着圆筒式的弧形，从弧线的圆度推测，原来的直径应有一尺光景，不知是多少磅重的炸弹了。另一面是破裂面，巉削凹凸，有些部分像峭壁，有些部分像危岩，锋棱锐利得同刀口一样。

江湾一带曾因战事炸毁过许多房子，炸杀过许多人。仅就立达学园一处说，校舍被毁的过半数。那次我去时，瓦砾场上还见到未被收殓的死尸。这小小的一块炸弹裂片，当然参与过残暴的工作，和刽子手所用的刀一样，有着血腥气的。论到证据的性质，这确是“铁证”了。

我把这铁证放在案头上作种种的联想，因为锋棱又锐利摆不平稳，每一转动，桌上就起磨损的痕迹。最初就想配了架子当作假山来摆。继而觉得把惨痛的历史的证物变装为古董性的东西，是不应该的。古代传下来的古董品中，有许多原是历史的遗迹，可是一经穿上了古董的衣服就减少了历史的刺激性，只当作古董品被人玩耍了。

这块粗糙的钢铁不久就被我从案头收起，藏在别处，忆起时才取出来看。新近搬家整理物件时被家人弃置在杂屑篓里，找寻了许久才发见。为永久保藏起见，颇费过些思量。摆在案头吧，不平稳，而且要擦伤桌面。藏在衣箱里吧，防铁锈沾惹坏衣服，并且拿取也不便。想来想去，还是去配了架子当作假山来摆在案头好。于是就托人到城隍庙一带红木铺去配架子。

现在，这块钢铁片已安放在小小的红木架上，当作假山摆在我的案头了。时间经过三年之久，全体盖满了黄褐色的铁锈，凹入处锈得更浓。碎裂的整块的，像沈石田的峭壁，细杂的一部分像黄子久的皴法，峰冈起伏的轮廓有些像倪云林。客人初见到这座假山，都称赞它有画意，问我从什么地方获得。家里的人对它也重视起来，不会再投入杂屑篓里去了。

这块钢铁片现在总算已得到了一个处置和保存的方法了，可是同时却不幸地着上了一件古董的衣裳。为减少古董性显出历史性起见，我想写些文字上去，使它在人的眼中不仅是富有画意的假山。

写些什么文字呢？诗歌或铭吗？我不愿在这严重的史迹上弄轻薄的文字游戏，宁愿老老实实地写几句记实的话。用什么来写呢？墨色在铁上是显不出的，照理该用血来写，必不得已，就用血色的朱漆吧。今天已是二十四年的一月十日了，再过十八日，就是今年的“一·二八”。我打算在“一·二八”那天来写。

我的中学生时代

夏丏尊

中学校时代，在年龄上是指十三四岁到十八九岁的一段。我今年四十六岁，我的中学校时代已是三十年以前的事了。那时正是由科举过渡到学校的当儿，学校未兴，私塾是唯一的学校。我自幼也从塾师读经书，学八股，考秀才，后来且考过举人。及科举全废的前两三年，然后改进学校，可是未曾在什么学校里毕过业，未曾得过卒业文凭。

我上代是经商的，父亲却是个秀才。在十岁以前，祖父的事业未倒，家境很不坏，兄弟五人中据说我在八字上可以读书，于是祖父与父亲都期望我将来中举人点翰林，光大门楣，不预备叫我去学生意。在我家坐馆的先生也另眼相看，我所读的功课是和我的兄弟们不同的。他们读毕四书，就读些《幼学琼林》和尺牍书类，而我却非读《左传》《诗经》《礼记》等等不可。他们不必做八股文，而我却非做八股文不可。因为我是要预备将来做读书人的。

十六岁那年我考得了秀才，以后不久八股即废，改“以策论取士”。八股在戊戌政变时曾废过，不数月即恢复，至是时乃真废了。这改革使全国的读书人大起恐慌。当时的读书人大都是一味靠八股吃饭的，他们平日朝夕所读的是八股，案头所列的是闱墨或试帖诗，经史向不研究，“时务”更所茫然。我虽八股的积习未深，不曾感到很大的不平，但要从师也无师可从，只是把《大题文府》等类搁起，换些《东莱博议》《读通鉴论》《古文观止》之类的东西来读，把白折纸废去，临摹碑帖，再把当时唯一的算术书《笔算数学》买来自修而已。

那时我家里的情况已大不如从前了。最初是祖父的事业失败，不久祖父即去世。父亲是少爷出身，舒服惯了的。兄弟们为家境所迫，都托亲友介绍，提早作商店学徒去了。五间三进的宽大而贫乏的家里，除了母亲和一个嫂子，就剩了父子两个老小秀才。父亲的书箱里，八股文以外有一部《史记》、一部《前汉后书》、一部《韩昌黎集》、一部《唐诗三百首》、一部《通鉴纲目》、一部《文选》、一部《聊斋志异》、一部《红楼梦》、一部《西厢记》、一部《经策通纂》、一部《皇清经解》，还有几种唐人的碑帖与《桐荫论画》等论书画的东西。父子把这些书作长日的消遣，父亲爱写字、种花、整洁屋室，室里干净清静得如庵院一般。这样地过了约莫一年。

亲戚中从上海回来的，都来劝读外国书（即现在的所谓进学校）。当时内地无学校，要读外国书只有到上海。据说上海最有名的是梵王渡（即现在的圣约翰大学），如果在那里毕业，包定有饭吃。父母也觉得科举快将全废，长此下去究不是事，于是就叫我到上海去读外国书。当时读外国书的地方并不多，外国人立的只有梵王渡、震旦与中西书院，中国人立的只有南洋公学。我是去读外国书的，当然要进外国人的学校。震旦是读法文的，梵王渡据说程度较高，要读过几年英文才能进去，中西书院（即现在东吴大学的前身）入学比较容易些，我于是就进中西书院。

那时生活程度还很低，可是学费却已并不便宜，中西书院每半年记得要缴费四十八元。家中境况已甚拮据，我的第一次半年的学费还是母亲把首饰变卖了给我的。我与便友同伴到了上海，由大哥送我入中西书院。那时我年十七。

中西书院分为初等科三年，高等科三年，此外还有特科若干年。我当然进初等科，那时功课不限定年级，是依学生的程度定的。英文是甲班的，算学如果有些根底就可入乙班，国文好的可以入丙班。我英文初读，入甲班，最初读的是《华英初阶》；算学乙班，读《笔算数学》；国文，甲班：其余各科也参差不齐，记不清楚了。各种学科中，最被人看不起的是国文，上课与否可以随便，最注重的是英文。时间表很简单，每日上午全读英文，下午第一时板定是算学，其余各科则配搭在数学以后。监院（即校长）是美国人潘慎文，教习有史拜言、谢鸿赉等。同学一百多人，大多数是包车接送的富者之子，间有贫寒子弟，则系基督教徒，受有教会补助，读书不用花钱的。我的同学中很有许多现今知名之士。记得名律师丁榕，经济大家马寅初，都是我的先辈的同学。

中西书院门禁森严，除通学生外，非得保证人来信不能出大门一步，并且星期日不能告假（因为要做礼拜），情形几等于现在的旧式女学校。告假限在星期六下午。我的保证人是我的大哥，他在商店做事，每月只来带我出去一次，有时他自己有事，也就不来领我。我在那里几乎等于笼鸟，尤其是礼拜日，逃不掉做礼拜觉得很苦。

礼拜真正多极。每日上课前要做礼拜，星期三晚上要做礼拜，星期日早晨要做礼拜，晚上又要做礼拜。每次礼拜有舍监来各房间查察，非去不可。每日早晨的礼拜约需三十分钟，其余的都要费一小时以上。唱赞美歌，祷告，讲经，厌倦非凡。这种麻烦，如果叫现今每周只做一次纪念周犹嫌费事的学生诸君去尝，不知能否忍耐呢。

读了一学期，学费无法继续，于是只好仍旧在家里，用《华英进阶》、《华英字典》（这是中国第一部英文字典，商务印书馆出版）、《代数备旨》等书自修。另外再作些策论《四书义》，请邑中的老先生评阅。秋间再去考乡试，举人当然无望，却从临时书肆（当时平日书店很少，一至考试时，试院附近临时书店如林）买了严译《原富》《天演论》等书回来，莫名其妙地翻阅。又因排满之呼声已起，我也向朋友那里借了《新民丛报》等来看，由是对于明末清初的故事与文章很有兴味，《明季稗史》《明夷待访录》《吴梅村集》《虞初新志》等书，都是我所耽读的。

十八岁那年，因了一位朋友的劝告，同到绍兴府学堂（即现在浙江第五中学的前身）入学。在那一二年中，内地学堂已成立了不少。当时办学概依奏定学堂章程，学制很划一。县有县学堂，性质为现在的高小程度，府学堂则相当于现在的中学，省学堂相当于大学预科，京师大学堂即现在的所谓大学了；学堂的成立，并无一定顺序，我们绍兴是先有中学，后有小学的。府学堂不收学费，宿费更不须出，饭费只每月二元光景。并且学校由书院改设，书院制尚未全除，月考成绩若优，还有一元乃至几毛钱的"膏火"可得（膏火是书院时代的奖金名称，意思是灯油费）。读书不但可以不花钱，而且弄得好还有零用可获得的。

府学堂的科目记得为伦理、经学、国文、英文、史学、舆地、算学、格致（即现在的理化博物）、体操、测绘（用器画舆地图），功课亦依程度编级，一如中西书院的办法。我因英文已有半年每日三点钟及在家自修的成绩，居然大出风头，被排在程度顶高的一级里，算学与国文的班次也不低。同学之中年龄老大的很多，班级皆低于我，我于是颇受师友的青眼。

国文是一位王先生教的，选读《皇朝经世文编》，作文题是《范文正公为秀才时便以天下为己任》《士先器识而后文艺》之类。经学是徐先生（即刺恩铭的徐锡麟烈士）担任的，他叫我们读《公羊传》，上课时大发挥其微言大义。测绘也由这位徐先生担任。体操教师是一位日本人。他不会讲中国话，口令是用日本语的，故于最初就由他教我们几句体操用的日本语，如“立正”“向前”之类。伦理教师最奇特，他姓朱，是绍兴有名的理学家，有长长的须髯，走路踱方步，写字仿朱子。他教我们学“洒扫应对”“居敬存诚”，还教我们舞佾，拿了鸡尾似的劳什子作种种把戏。据他的主张，上课时书应端执在右手，不应挟在腋下；上班退班都须依照长幼之序“鱼贯而行”，不应作鸟兽散；见先生须作揖，表示敬意。我们虽不以为然，却不去加以攻击，只依老古董相待罢了。

当时青年界激昂慷慨，充满着蓬勃的朝气，似乎都对于中国怀着相当的期待，不像现在的消沉幻灭。庚子事件经过不久，又当日俄战争，风云恶劣，大家都把一切罪恶归诸满人，以为只要把满人推倒，国事就有希望了。《新民丛报》《浙江潮》等杂志大受青年界的欢迎，报纸上的社论也大被注意阅读。那时恋爱尚未成为青年间的问题，出路的关心也不如现在的急切（因为读书人本来不大讲究出路），三四朋友聚谈，动辄就把话题移到革命上去，而所谓革命者，内容就只是排满，并没有现在的复杂。见了留学生从日本回来没有辫子，恨不得也去留学，可以把辫子剪去（当时普通人是不许剪辫子的)。见了花翎颜色顶子的官吏，就暗中憎恶，以为这是奴隶的装束。卢梭、罗兰夫人、马志尼等，都因了《新民丛报》的介绍，在我们的心胸里成了令人神往的理想人物。罗兰夫人的“自由，自由！天下几多罪恶假汝之名以行！”已成了摇笔即来的文章的套语了。

我在这样的空气中过了半年中学生活，第二学期又辍学了。这次辍学并非由于拿不出学费，乃是为了要代替父亲坐馆。父亲在一年来已在家授徒了，一则因邻近有许多小孩子要请人教书，二则父亲嫌家里房屋太大，住了太寂寞，于是在家里设起书塾来。来读的是几个族里与邻家的小孩。中途忽然有一位朋友要找父亲去替他帮忙，为了友谊与家计，都非去不可。书馆是不能中途解散的，家里又无男子，很不放心，于是就叫我辍学代庖。功课当然是我所教得来的。学生不多，时间很有余暇，于是一壁教书，一壁仍行自修。家里人颇思叫我永继父职，就长此教书下去。本乡小学校新立，也邀我去充教习，但我总觉得于心不甘。

恰好有一个亲戚的长辈从日本留学法政回来，说日本如何如何地好，求学如何如何地便利。我对于日本留学梦想已久了，听了他的话，心乃愈动。父母并不大反对，只是经费无着，乃遍访亲友借贷，很费力地集了五百元，冒险赴日。

当时赴日留学成为一种风气。东京有一个宏文学院，就是专为中国留学生办的，普通科二年毕业，除教日语外，兼教中学课程。凡想进专门以上的学校的，大概都在那里预备。我因学费不足两年的用度，乃于最初数月请一日本人专教日文，中途插入宏文学院普通科去。总算我的自修有效，英算各科居然尚能衔接赶上。在那里将毕业的前二三月，东京高等工业学校招考了，我不待毕业就去跨考，结果幸而被录取。当时规定，入了官立专门学校就有官费的，而浙江因人多不能照办。我入高工后快将一年，就领不到官费，家中已为我负债不少，结果乃又不得不中途辍学回国，谋职糊口。我的中学时代就此结束了，那年我二十一岁。

总计我的中学时代，经过许多的周折，东补西凑，断续不成片断。我为了修得区区的中学课程，曾经过不少磨难，空费过长期的光阴。这种困苦的经验，当时不但我个人有过，实可谓是一般的情形。现在的中学生在这点上真足羡艳，真是幸福。

我之于书

夏丏尊

二十年来，我生活费中至少十分之一二是消耗在书上的。我的房子里比较贵重的东西就是书。

我一向没有对于任何问题作高深研究的野心，因之所买的书范围较广，宗教、艺术、文学、社会、哲学、历史、生物，各方面差不多都有一点。最多的是各国文学名著的译本，与本国古来的诗文集，别的门类只是些概论等类的入门书而已。

我不喜欢向别人或图书馆借书。借来的书，在我好像过不来瘾似的，必要是自己买的才满足。这也可谓是一种占有的欲望。买到了几册新书，一册一册地加盖藏书印记，我最感到快悦的是这时候。

书籍到了我的手里，我的习惯是先看序文，次看目录。页数不多的往往立刻通读，篇幅大的，只把正文任择一二章节略加翻阅，就插在书架上。除小说外，我少有全体读完的大部的书，只凭了购入当时的记忆，知道某册书是何种性质，其中大概有些什么可取的材料而已。什么书在什么时候再去读再去翻，连我自己也无把握，完全要看一个时期一个时期的兴趣。关于这事，我常自比为古时的皇帝，而把插在架上的书譬诸列屋而居的宫女。

我虽爱买书，而对于书却不甚爱惜。读书的时候，常在书上把我所认为要紧的处所标出。线装书大概用笔加圈，洋装书竟用红铅笔划粗粗的线。经我看过的书，统体干净的很少。

据说，任何爱吃糖果的人，只要叫他到糖果铺中去做事，见了糖果就会生厌。自我入书店以后，对于书的贪念也已消除了不少了，可是仍不免要故态复萌，想买这种，想买那种。这大概因为糖果要用嘴去吃，摆存毫无意义，而书则可以买了不看，任其只管插在架上的缘故吧。

春　风

林斤澜

北京人说："春脖子短。"南方来的人觉着这个"脖子"有名无实，冬天刚过去，夏天就来到眼前了。

最激烈的意见是："哪里有什么春天？只见起风、起风，成天刮土、刮土，眼睛也睁不开，桌子一天擦一百遍……"

其实，这意见里说的景象，不冬不夏，还得承认是春天。不过不像南方的春天，那也的确。褒贬起来着重于春风，也有道理。

起初，我也怀念江南的春风，"暮春三月，江南草长，杂花生树，群莺乱飞"。这样的名句里没有提到风，风原是看不见的，又无所不在的。江南的春风抚摸大地，像柳丝的飘拂；体贴万物，像细雨的滋润。这才草长，花开，莺飞……

北京的春风真就是刮土吗？后来我有了别样的体会，那是下乡的好处。

我在京西的大山里、京东的山边上，曾数度“春脖子”。背阴的岩下，积雪不管立春、春分，只管冷森森的，没有开化的意思，是潭是溪，是井台还是泉边，凡带水的地方，都坚持着冰块冰砚、冰溜、冰碴……一夜之间，春风来了，忽然从塞外的苍苍草原、莽莽沙漠，滚滚而来。从关外扑过山头，漫过山梁，插山沟，灌山口，呜呜吹号，哄哄呼啸，飞沙走石，扑在窗上，撒拉撒拉，扑在人脸上，如无数的针扎。

轰的一声，是哪里的河冰开裂吧。嘎的一声，是碗口大的病枝刮折了。有天夜间，我住的石头房子的木头架子，格拉拉，格拉拉响起来，晃起来。仿佛冬眠惊醒，伸懒腰，动弹胳膊腿，浑身关节挨个儿格拉拉、格拉拉地松动。

麦苗在霜冻里返青了，山桃在积雪里鼓苞了。清早，着大靰鞋，穿老羊皮背心，使荆条背篓，背带冰碴的羊粪，绕山嘴，上山梁，爬高高的梯田，春风呼哧呼哧地，帮助呼哧呼哧的人们，把粪肥抛撒匀净。好不痛快人也。

北国的山民，喜欢力大无穷的好汉。到喜欢得不行时，连捎带来的粗暴，也只觉得解气。要不，请想想，柳丝飘拂般的抚摸，细雨滋润般的体贴，又怎么过草原、走沙漠、扑山梁？又怎么踢打得开千里冰封和遍地赖着不走的霜雪！

如果我回到江南，老是乍暖还寒，最难将息，老是牛角淡淡的阳光，牛尾蒙蒙的阴雨，整天好比穿着湿布衫，墙角落里发霉，长蘑菇，有死耗子味儿，能不怀念北国的春风？

胡同文化

汪曾祺

北京城像一块大豆腐，四方四正。城里有大街，有胡同，大街、胡同都是正南正北，正东正西。北京人的方位意识极强。过去拉洋车的，逢转弯处都高叫一声“东去！”“西去！”以防碰着行人。老两口睡觉，老太太嫌老头子挤着她了，说“你往南边去一点”。这是外地少有的。街道如是斜的，就特别标明是斜街，如烟袋斜街、杨梅竹斜街。大街、胡同，把北京切成一个又一个方块。这种方正不但影响了北京人的生活，也影响北京人的思想。

胡同原是蒙古语，据说原意是水井，未知确否。胡同的取名，有各种来源。有的是计数的，如东单三条、东四十条。有的原是皇家储存物件的地方，如皮库胡同、惜薪司胡同（存放柴炭的地方），有的是这条胡同里曾住过一个有名的人物，如无量大人胡同、石老娘（老娘是接生婆）胡同。大雅宝胡同原名大哑巴胡同，大概胡同里曾住过一个哑巴。王皮胡同是因为有一个姓王的皮匠。王广福胡同原名王寡妇胡同。有的是某种行业集中的地方。手帕胡同大概是卖手帕的。羊肉胡同当初想必是卖羊肉的。有的胡同是像其形状的。高义伯胡同原名狗尾巴胡同。小羊宜宾胡同原名羊尾巴胡同。大概是因为这两条胡同的样子有点像羊尾巴、狗尾巴。有些胡同则不知道何所取义，如大绿纱帽胡同。

胡同有的很宽阔，如东总布胡同、铁狮子胡同。这些胡同两边大都是“宅门”，到现在房屋都还挺整齐。有些胡同很小，如耳朵眼胡同。北京到底有多少胡同？北京人说：有名的胡同三千六，没名的胡同数不清。通常提起“胡同”，多指的是小胡同。

胡同是贯通大街的网络。它距离闹市很近，打个酱油，约二斤鸡蛋什么的，很方便，但又似很远。这里没有车水马龙，总是安安静静的。偶尔有剃头挑子的“唤头”（像一个大镊子，用铁棒从当中擦过，便发出噌的一声）、磨剪子磨刀的“惊闺”（十几个铁片穿成一片，摇动做声）、算命的盲人（现在早没有了）吹的短笛的声音。这些声音不但不显得喧闹，倒显得胡同里更加安静了。

胡同和四合院是一体。胡同两边是若干四合院连接起来的。胡同、四合院，是北京市民的居住方式，也是北京市民的文化形态。我们通常说北京的市民文化，就是指的胡同文化。胡同文化是北京文化的重要组成部分，即使不是最主要的部分。

胡同文化是一种封闭的文化，住在胡同里的居民大都安土重迁，不大愿意搬家。有在一个胡同里一住住几十年的，甚至有住了几辈子的。胡同里的房屋大都很旧了。“地根儿”房子就不太好，旧房檩、断砖墙。下雨天常是外面大下，屋里小下。一到下大雨，总可以听到房塌的声音，那是胡同里的房子，但是他们舍不得“挪窝儿”，——“破家值万贯”。

四合院是一个盒子。北京人理想的住家是“独门独院”。北京人也很讲究“处街坊”。“远亲不如近邻”。“街坊里道”的，谁家有点事，婚丧嫁娶，都“随”一点“份子”，道个喜或道个恼，不这样就不合“礼数”。但是平常日子，过往不多，除了有的街坊是棋友，“杀”一盘；有的是酒友，到“大酒缸”（过去山西人开的酒铺，都没有桌子，在酒缸上放一块规成圆形的厚板以代酒桌）喝两“个”（大酒缸二两一杯，叫做“一个”）；或是鸟友，不约而同，各晃着鸟笼，到天坛城根、玉渊潭去“会鸟”（会鸟是把鸟笼挂在一处，既可让鸟互相学叫，也互相比赛），此外，“各人自扫门前雪，休管他人瓦上霜”。

北京人易于满足，他们对生活的物质要求不高。有窝头，就知足了。大腌萝卜，就不错。小酱萝卜，那还有什么说的。臭豆腐滴几滴香油，可以待姑奶奶。虾米皮熬白菜，嘿！我认识一个在国子监当过差，伺候过陆润庠、王垿等祭酒的老人，他说："哪儿也比不了北京。北京的熬白菜也比别处好吃，——五味神在北京。"五味神是什么神？我至今考查不出来。但是北京人的大白菜文化却是可以理解的。北京人每个人一辈子吃的大白菜摞起来大概有北海白塔那么高。

北京人爱瞧热闹，但是不爱管闲事。他们总是置身事外，冷眼旁观。北京是民主运动的策源地，"民国"以来，常有学生运动，北京人管学生运动叫做"闹学生"。学生示威游行，叫做"过学生"。与他们无关。

北京胡同文化的精义是"忍"。安分守己，逆来顺受。老舍《茶馆》里的王利发说："我当了一辈子的顺民"，是大部分北京市民的心态。

我的小说《八月骄阳》里写到"文化大革命"，有这样一段对话：

"还有个章法没有？我可是当了一辈子安善良民，从来奉公守法。这会儿，全乱了。我这眼前就跟'下黄土'似的，简直的，分不清东西南北了。"

"您多余操这份儿心。粮店还卖不卖棒子面？"

"卖！"

"还是的。有棒子面就行。……"

我们楼里有个小伙子，为一点儿事，打了开电梯的小姑娘一个嘴巴，我们都很生气，怎么可以打一个女孩子呢！我跟两个上了岁数的老北京（他们是“搬迁户”，原来是住在胡同里的）说，大家应该主持正义，让小伙子当众向小姑娘认错，这二位同声说：“叫他认错？门儿也没有！忍着吧！——‘穷忍着，富耐着，睡不着眯着’！”“睡不着眯着”这话实在太精彩了！睡不着，别烦躁，别起急，眯着，北京人，真有你的！

北京的胡同在衰败，没落。除了少数“宅门”还在那里挺着，大部分民居的房屋都已经很残破，有的地基基础甚至已经下沉，只有多半截还露在地面上。有些四合院门外还保存已失原形的拴马桩、上马石，记录着失去的荣华。有打不上水来的井眼、磨圆了棱角的石头棋盘，供人凭吊。西风残照，衰草离披，满目荒凉，毫无生气。

看看这些胡同的照片，不禁使人产生怀旧情绪，甚至有些伤感。但是这是无可奈何的事，在商品经济大潮的席卷之下，胡同和胡同文化总有一天会消失的。也许像西安的虾蟆陵，南京的乌衣巷，还会保留一两个名目，使人怅望低徊。

再见吧，胡同。

清　贫

方志敏

我从事革命斗争，已经十余年了。在这长期的奋斗中，我一向是过着朴素的生活，从没有奢侈过。经手的款项，总在数百万元；但为革命而筹集的金钱，是一点一滴的用之于革命事业。这在国方的伟人们看来，颇似奇迹，或认为夸张；而矜持不苟，舍己为公，却是每个共产党员具备的美德。所以，如果有人问我身边有没有一些积蓄，那我可以告诉你一桩趣事：

就在我被俘的那一天一个最不幸的日子，有两个国方兵士，在树林中发现了我，而且猜到我是什么人的时候，他们满肚子热望在我身上搜出一千或八百大洋，或者搜出一些金镯金戒指一类的东西，发个意外之财。哪知道从我上身摸到下身，从袄领捏到袜底，除了一只时表和一支自来水笔之外，一个铜板都没有搜出。他们于是激怒起来了，猜疑我是把钱藏在哪里，不肯拿出来。他们之中有一个，左手拿着一个木柄榴弹，右手拉出榴弹中的引线，双脚拉开一步，作出要抛掷的姿势，用凶恶的眼光盯住我，威吓地吼道：

“赶快将钱拿出来，不然就是一炸弹，把你炸死去！”

“哼！你不要作出那难看的样子来吧！我确实一个铜板都没有存；想从我这里发洋财，是想错了。”我微笑淡淡地说。

“你骗谁！像你当大官的人会没有钱！”拿榴弹的兵士坚不相信。

“决不会没有钱的，一定是藏在哪里，我是老出门的，骗不得我。”

另一个兵士一面说，一面弓着背重来一次将我的衣角裤裆过细地捏，总企望着有新的发现。

“你们要相信我的话，不要瞎忙吧！我不比你们国民党当官，个个都有钱，我今天确实是一个铜板也没有，我们革命不是为着发财啦！”我再向他们解释。

等他们确知在我身上搜不出什么的时候，也就停手不搜了；又在我藏躲地方的周围，低头注目搜寻了一番，也毫无所得，他们是多么的失望呵！那个持弹欲放的兵士，也将拉着的引线，仍旧塞进榴弹的木柄里，转过来来抢夺我的表和水笔。后彼此说定表和笔卖出钱来平分，才算无话。他们用怀疑而又惊异的目光，对我自上而下地望了几遍，就同声命令地说：“走吧！”

是不是还要问问我家里有没有一些财产？请等一下，让我想一想，啊，记起来了，有的有的，但不算多。去年暑天我穿的几套旧的汗褂裤，与几双缝上底的线袜，已交给我的妻放在深山坞里保藏着——怕国军进攻时，被人抢了去，准备今年暑天拿出来再穿；那些就算是我唯一的财产了。但我说出那几件“传世宝”来，岂不要叫那些富翁们齿冷三天？！

清贫，洁白朴素的生活，正是我们革命者能够战胜许多困难的地方！

窗前的青春

席慕蓉

青春有时候极为短暂，有时候却极为冗长。我很知道因为，我也曾如你一般年轻过。

在教室的窗前，我也曾和你一样，凝视着四季都没有什么变化的校园，心里猜测着自己将来的多变化的命运，我也曾和你一样，以为，无论任何一种，都会比枯坐在教室里的命运要美丽多了。

那时候的我，很奇怪老师为什么从来不来干涉，就任我一堂课，一堂课地做着梦。今天，我才知道，原来，他也和今天的我一样，微笑着，从我们年轻饱满的脸上，在一次次地重读着我们曾经经历过的青春呢。

幸　福

席慕蓉

幸福的爱情都是一种模样，而不幸的爱情却各有各的成因，最常见的原因有两个：太早，或者，太迟。

年轻的你，有足够的理由相信：你将会得到这世间最幸福的一份爱。

所以，我也有足够的理由劝告你，要耐心地等待。不要太早地相信任何甜言蜜语，不管那些话语是出于善意或是恶意，对你都没有丝毫的好处。果实要成熟了以后才会香甜，幸福也是一样。

桃花心木

林清玄

乡下老家屋旁。有一块非常大的空地，租给人家种桃花心木的树苗。

桃花心木是一种特别的树，树形优美，高大而笔直，从前老家林场种了许多，已长成几丈高的一片树林。所以当我看到桃花心木仅及膝盖的树苗，有点难以相信自己的眼睛。

种桃花心木苗的是一个个子很高的人，他弯腰种树的时候，感觉就像插秧一样。

树苗种下以后，他常来浇水，奇怪的是，他来的并没有规律，有时隔三天，有时隔五天，有时十几天才来一次；浇水的量也不一定，有时浇得多，有时浇得少。

我住在乡下时，天天都会在桃花心木苗旁的小路上散步，种树苗的人偶尔会来家里喝茶。他有时早上来，有时下午来，时间也不一定。

我越来越奇怪。

更奇怪的是，桃花心木苗有时莫名其妙地枯萎了。所以，他来的时候总会带几株树苗来补种。

我起先以为他太懒，有时隔那么久才给树浇水。

但是，懒人怎么知道有几棵树会枯萎呢？

后来我以为他太忙，才会做什么事都不按规律。但是，忙人怎么可能做事那么从从容容？

我忍不住问他，到底应该什么时间来？多久浇一次水？桃花心木为什么无缘无故会枯萎？如果你每天来浇水，桃花心木苗该不会枯萎吧？

种树的人笑了，他说："种树不是种菜或种稻子，种树是百年的基业，不像青菜几个星期就可以收成。所以，树木自己要学会在土里找水源。我浇水只是模仿老天下雨，老天下雨是算不准的，它几天下一次？上午或下午？一次下多少？如果无法在这种不确定中汲水生长，树苗自然就枯萎了。但是，在不确定中找到水源、拼命扎根，长成百年的大树就不成问题了。"

种树人语重心长地说："如果我每天都来浇水，每天定时浇一定的量，树苗就会养成依赖的心，根就会浮在地表上，无法深入地下，一旦我停止浇水，树苗会枯萎得更多。幸而存活的树苗，遇到狂风暴雨，也会一吹就倒。"

他的一番话，使我非常感动。不只是树，人也是一样，在不确定中生活，能比较经得起生活的考验，会锻炼出一颗独立自主的心。在不确定中，深化了对环境的感受与情感的感知，就能学会把很少的养分转化为巨大的能量，努力生长。

现在，窗前的桃花心木苗已经长得与屋顶一般高，是那么优雅自在，显示出勃勃生机。

种树人不再来了，桃花心木也不会枯萎了。

歌　声

林清玄

昨晚中西音乐歌舞大会里“中西丝竹和唱”的三曲清歌，真令我神迷心醉了。

仿佛一个暮春的早晨，霏霏的毛雨默然洒在我脸上，引起润泽，轻松的感觉。新鲜的微风吹动我的衣袂，像爱人的鼻息吹着我的手一样。我立的一条白矾石的甬道上，经了那细雨，正如涂了一层薄薄的乳油；踏着只觉越发滑腻可爱了。

细雨如牛毛，扬州称为“毛雨”。

这是在花园里。群花都还做她们的清梦。那微雨偷偷洗去她们的尘垢，她们的甜软的光泽便自焕发了。在那被洗去的浮艳下，我能看到她们在有日光时所深藏着的恬静的红，冷落的紫，和苦笑的白与绿。以前锦绣般在我眼前的，现有都带了黯淡的颜色。——是愁着芳春的消歇么？是感着芳春的困倦么？

大约也因那蒙蒙的雨，园里没了秾郁的香气。涓涓的东风只吹来一缕缕饿了似的花香；夹带着些潮湿的草丛的气息和泥土的滋味。园外田亩和沼泽里，又时时送过些新插的秧，少壮的麦，和成荫的柳树的清新的蒸气。这些虽非甜美，却能强烈地刺激我的鼻观，使我有愉快的倦怠之感。

看啊，那都是歌中所有的：我用耳，也用眼，鼻，舌，身，听着；也用心唱着。我终于被一种健康的麻痹袭取了。于是为歌所有。此后只由歌独自唱着，听着；世界上便只有歌声了。

煮 雪

林清玄

传说在北极的人因为天寒地冻，一开口说话就结成冰雪，对方听不见，只好回家慢慢地烤来听……

这是个极度浪漫的传说，想是多情的南方人编出来的。

可是，我们假设说话结冰是真有其事，也是颇有困难，试想：回家烤雪煮雪的时候要用什么火呢？因为人的言谈是有情绪的，煮得太慢或太快都不足以表达说话的情绪。

如果我生在北极，可能要为煮的问题烦恼半天，与性急的人交谈，回家要用大火煮烤；与性温的人交谈，回家要用文火。倘若与人吵架呢？回家一定要生个烈火，才能声闻当时哔哔剥剥的火爆声。

遇到谈情说爱的时候，回家就要仔细酿造当时的气氛，先用情诗情词裁冰，把它切成细细的碎片，加上一点酒来煮，那么，煮出来的话便能使人微醉。倘若情浓，则不可以用炉火，要用烛火再加一杯咖啡，才不会醉得太厉害，还能维持一丝清醒。

遇到不喜欢的人不喜欢的话就好办了，把结成的冰随意弃置就可以了。爱听的话则可以煮一半，留一半他日细细品味，住在北极的人真是太幸福了。

但是幸福也不长驻，有时天气太冷，火生不起来，是让人着急的，只好拿着冰雪用手慢慢让它溶化，边溶边听。遇到性急的人恐怕要用雪往墙上摔，摔得力小时听不见，摔得用力则声震物瓦，造成噪音。我向往北极说话的浪漫世界，那是个宁静祥和又能自己制造生活的世界，在我们这个到处都是噪音的时代里，有时我会希望大家说出来的话都结成冰雪，回家如何处理是自家的事，谁也管不着。尤其是人多要开些无聊的会议时，可以把那块嘈杂的大雪球扔在自家前的阴沟里，让它永远见不到天日。

斯时斯地，煮雪恐怕要变成一种学问，生命经验丰富的人可以根据雪的大小、成色，专门帮人煮雪为生；因为要煮得恰到好处和说话时恰如其分一样，确实不易。年轻的恋人们则可以去借别人的"情雪"，借别人的雪来浇自己心中的块垒。

如果失恋，等不到冰雪尽溶的时候，就放一把火把雪都烧了，烧成另一个春天。

喝　茶

苏雪林

读徐志摩先生会见哈代记，中间有一句道：“老头真刻啬，连茶都不教人喝一盏……”这话我知道徐先生是在开玩笑，因他在外国甚久，应知外国人宾主初次相见，没有请喝茶的习惯。

西人喝茶是当咖啡的，一天不过一次的，或于饭后，或于午倦的时候，余是口渴，仅饮气蒸冷水，不像中国人将壶泡着茶整天喝它。他们初次见面，谈话而已，也不像中国人定要仆人捧出两杯茶来，才算敬客之道。这是中西习惯不同之处，无所谓优劣，我所连带要说的，是外国人对于应酬的经济。

我仅到过法国，来讲一点法国人的应酬罢。法人禀受高庐民族遗风，对于“款客之道”素来注重，但他们的应酬，都是经过艺术化的，以情趣为主，物质为轻，平常酬酢，不必花费什么钱财，而能尽交际之乐。

中国人朋友相见不久，便要请上馆子吃饭，法人以请吃饭为大事，非至亲好友，不大举行，而且也不大上馆子，家中日常蔬菜外添设一两样便算请了客。至于普通请客，就是“喝茶”了。每次茶点之费不过合华币一元，然而可同时请四五客。初交不请，一定要等相见三四次，友谊渐熟之后再请。他们无论男女自小养成一种口才，对客之际，清言娓娓，诙谐杂出，或纵谈文艺，或叙述故事，或玩弄乐器，或披阅名画，口讲指画，兴会淋漓，令人乐而忘倦，其关于国家社会不得意的问题，从不在这个时候提起。他们应酬的宗旨，本要使来客尽欢，若弄得满座欷歔，有何趣味呢？

法人无故不送人礼物，送亦不过鲜花一束，新书一卷而已，而且亦必有往有来，藉以互酬雅意。中国人不知他们习惯，每每以贵重礼物相送，不但不能结好，反而引猜嫌。我有一个同学，他有一个法友，是书铺的主人，平日代他搜罗旧书，或报告新出版著作的消息，甚为尽心，这位同学便送他一个中国古瓷花瓶，谁知竟将他弄得大不自在了，以后相见虽照常亲热，而神宇之间，颇为勉强，则因为他们素不讲究送礼，忽见人送值钱的东西，便疑心人将大有求于他的缘故。

人生在世，不能没有亲朋的往来，有之则应酬原所不免，但应酬本旨在增加交际间的乐趣，使人快乐，也要使自己快乐；若为应酬而弄得财力两亏，疲于奔命，那就大大的无谓了。

中国是以应酬为最重要的国家，而百分之九十九的应酬都是无谓。朋友虽无真实的感情，亦必以酒肉相征逐。婚丧呀，做寿呀，生日呀，小孩出世呀，初次见面呀，礼物绝不可少，而以政界应酬为最多。我有一个本家在北京做官，每年薪俸不过二千余元，而应酬要占去八九百元。虽说我送了人家的礼，人家也送我的礼，但现钱可以买各项东西，礼物不能变出现钱来。这种应酬，等于拿金钱互相抛掷，究竟有什么意思呢？而在应酬太繁，不能维持生活，不免要于正当收入之外想其他方法。中国官吏寡廉鲜耻，祸国殃民之种种，不能说与应酬无关。

不能被增加的人

张晓风

我很惊讶——原来到最后我连一件礼物都不曾预备。我早就接到她发愿的邀请信，当时只觉得要买一件礼物并不是难事。可是，明天，她就要发愿了，我仍然还没找到一件合适的礼物。

初识她是在淡水的一座山头上，古朴的修道院里，青绿的葡萄串尚未熟，四窗的花香里低放着一只巨大的、铜质的十字架，她的白衣服烧灼着异样的白。

她就要正式发愿了，我该送她一件礼物，她们对我那么好，从那么遥远的山上，为我送来自烘的热蛋糕，自制的大蜡烛。但我却找不到一件可送给她的礼物——在她的发愿之日，在她立志以贫穷、服役为终生目标的日子。

如果我送她一点小摆设，她该放在哪里呢？如果我送她一篮花，那易凋的繁花怎能切合她永恒的誓愿——而且我怀疑她会责备我说："为什么不用它去周济穷人呢？"

我能送她唇膏吗？当她亲吻小孤儿的时候，她早已有最美丽的红唇。我能送她胭脂吗？她奔波于山径去服役人的时候，她已有最动人的朱颊。我能送她衣料吗？神圣的白袍已将她嫁给理想，世间还有什么花色的衣料足以妆点她？有什么臂钏足以辉煌她操作的手臂？有什么项链可以辉映她垂向卑微者的头顶？有什么耳环配悬在那倾听他人忧烦的耳朵？有什么别针可以点缀那忧世的心胸？有什么戒指可以戴上那为人合掌祈祷的手指。

世间这么大，市场这样喧腾，而我却买不到一个可以送给她的礼物。

我打算把这一件礼物给一位国外的牧师的时候。同样的困难又产生了。我才忽然发现，这世界上原来有一种人，你简直无法用任何东西来增加他，他自己已是一个完美的宇宙。

也许我可以学别人一样，把猪肉干、牛肉干之类的东西当成土产送给他。但我知道给一个忙碌的，席不暇暖的人，他不可能有时间坐下来嚼零食。

所有的食物似乎都不在他的心上，他的零食不是被忘了，就是分给别人去吃了。

如果我送他一件衬衫或领带夹和袖扣之类的东西，他也不会记得记得装扮自己的。他的一副眼镜架已经用了十年了，松得滑在鼻翼上，他仍然不肯换，只说："何必呢？都成了老朋友了，已经有了感情了！”

送给他一些小东西放在壁炉架上吗？他选择做牧师的那一天已经告别了沙发椅——而且他也没有壁炉。送他一点奢侈品吗？他的教区住着一些最贫穷的工人，他在他们中间只过着最简朴的日子。任何生活里牵牵绊绊的小物件对他而言都未必有意义，他是一个经常忘记自己的人——他必须在别人的反复提醒才会猛然发现自己这个人的存在，他自己是不在他照顾的范围之内的。

也许，我可以送他一本书，但对一个已经拥抱了这世界的人还有什么书可以增加他的智慧，还有什么知识可以提高他的价值。

原来这世界上有一种人，你简直无法用任何东西来增加他，他自己已是一个完美的宇宙。

春之怀古

张晓风

春天必然曾经是这样的：从绿意内敛的山头，一把雪再也掌不住了，扑哧的一声，将冷脸笑成花面，一首澌澌然的歌便从云端唱到山麓，从山麓唱到低低的荒村，唱入篱落，唱入一只小鸭的黄蹼，唱入软溶溶的春泥——软如一床新翻的棉被的春泥。

那样娇，那样敏感，却又那样浑沌无涯。一声雷，可以无端地惹哭满天的云；一阵杜鹃啼，可以斗急了一城杜鹃花；一阵风起，每一棵柳都吟出一则则白茫茫、虚飘飘说也说不清、听也听不清的飞絮，每一丝飞絮都是一株柳的分号。反正，春天就是这样不讲理、不逻辑，而仍可以好得让人心平气和。

春天必然曾经是这样的：满塘叶黯花残的枯梗抵死苦守一截老根，北地里千宅万户的屋梁受尽风欺雪压犹自温柔地抱着一团小小的空虚的燕巢，然后，忽然有一天，桃花把所有的山村水廓都攻陷了，柳树把皇室的御沟和民间的江头都控制住了——春天有如旌旗鲜明的王师，因长期虔诚的企盼祝祷而美丽起来。

而关于春天的名字，必然曾经有这样的一段故事：在《诗经》之前，在《尚书》之前，在仓颉造字之前，一只小羊在啮草时猛然感到的多汗，一个孩子在放风筝时猛然感觉到的飞腾，一双患风痛的腿在猛然间感到的舒活，千千万万双素手在溪畔在塘畔在江畔浣纱的手所猛然感到的水的血脉……当他们惊讶地奔走互告的时候，他们决定将嘴撅成吹口哨的形状，用一种愉快的耳语的声量来为这季节命名——“春”。

鸟又可以开始丈量天空了。有的负责丈量天的蓝度，有的负责丈量天的透明度，有的负责用那双翼丈量天的高度和深度。而所有的鸟全不是好的数学家，他们叽叽喳喳地算了又算，核了又核，终于还是不敢宣布统计数字。

至于所有的花，已交给蝴蝶去点数。所有的蕊，交给蜜蜂去编册。所有的树，交给风去纵宠。而风，交给檐前的老风铃去一一记忆、一一垂询。

春天必然曾经是这样，或者，在什么地方，它仍然是这样的吧？穿越烟囱与烟囱的黑森林，我想走访那踯躅在湮远年代中的春天。

水乡怀旧

周作人

在水乡的城里是每条街几乎都有一条河平行着，所以到处有桥，低的或者只有两三级，桥下才通行小船，高的便有六七级了。乡下没有这许多桥，可是汊港纷歧，走路就靠船只，等于北方的用车，有钱的可以专雇，工作的人自备有“出坂”船，一般普通人只好乘公共的通航船只。

船有两种，其一名曰埠船，是走本县近路的，其二曰航船，走外县远路，大抵夜里开，次晨到达。埠船在城里有一定的埠头，早上进城，下午开回去，大抵水陆六七十里，一天里可以打来回的，就都称为埠船。埠船总数不知道共有多少，大抵中等的村子总有一只，虽是私人营业，其实可以算是公共交通机关。鲁迅短篇小说集《彷徨》里有一篇讲离婚的小说，说庄木三带领他的女儿往庞庄找慰老爷去，即是坐埠船去的，但是他在那里使用国语称作航船，小说又重在描画人物，关于埠船的东西没有什么描写。这是一种白篷的中型的田庄船，两旁直行镶板，并排坐人，中间可以搁放物件。船钱不过一二十文吧，看路的远近，也不一定。

乡村的住户是固定的，彼此都是老街坊，或者还是本家，上船一看乘客差不多是熟人，坐下就聊起天来，这里的空气与那远路多是生客的航船便很有点不同。航船走的多是从前的驿路，终点即是驿站，它的职业是送往迎来的事；埠船却办着本村的公用事业，多少有点给地方服务的意思，不单是营业，它不但搭客上下，传送信件，还替村里代办货物。无论是一斤麻油，一尺鞋面布，或是一斤淮蟹，只要店铺里有的，都可以替你买来。他们也不写账，回来时只凭着记忆，这是三六叔的旱烟五十六文，这是七斤嫂的布六十四文，一件都不会遗漏或是错误。它载人上城，并且还代人跑街，这是很方便的事，但是也或者有人，特别是女太太们，要嫌憎买的不很称心，那么只好且略等候，等“船店”到来的时候，自己买了。城市里本有货郎担，挑着担子，手里摇着一种雅号“惊闺”或是“唤娇娘”的特制的小鼓，方言称之为“袋络担”，据孙德祖的《寄龛乙志》卷四里说：“货郎担越中谓之袋络担，是货什杂布帛及丝线之属，其初盖以络索担囊橐衍且售，故云。”后来却是用藤竹织成，叠起来很高的一种箱担了，但在水乡大约因为行走不便，所以没有，却有一种便于水行的船店出来，弥补这个缺憾。这外观与普通的埠船没有什么不同，平常一个人摇着橹，到得行近一个村庄，船里有人敲起小锣来，大家知道船店来了，一哄的出到河岸头，各自买需要的东西，大概除柴米外，别的日用品都可以买到，有洋油与洋灯罩，也有芒麻鞋面布和洋头绳，以及丝线。这是旧时代的办法，其实却很是有用的。

我看见过这种船店，乘过这种埠船，还是在民国以前，时间经过了六十年，可能这些都已没有了也未可知，那么我所追怀的也只是前尘梦影了吧。不过如我上文所说，这些办法虽旧，用意却都是好的。近来在报上时常看见，有些售货员努力到山乡里去送什货，这实在即是开船店的意思，不过更是辛劳罢了。

故乡的野菜

周作人

我的故乡不止一个，凡我住过的地方都是故乡。故乡对于我并没有什么特别的情分，只因钓于斯游于斯的关系，朝夕会面，遂成相识，正如乡村里的邻舍一样，虽然不是亲属，别后有时也要想念到他。我在浙东住过十几年，南京东京都住过六年，这都是我的故乡，现在住在北京，于是北京就成了我的家乡了。

日前我的妻往西单市场买菜回来，说起有荠菜在那里卖着，我便想起浙东的事来。荠菜是浙东人春天常吃的野菜，乡间不必说，就是城里只要有后园的人家都可以随时采食，妇女小儿各拿一把剪刀一只“苗篮”，蹲在地上搜寻，是一种有趣味的游戏的工作。

那时小孩们唱道：“荠菜马兰头，姊姊嫁在后门头。”后来马兰头有乡人拿来进城售卖了，但荠菜还是一种野菜，须得自家去采。关于荠菜向来颇有风雅的传说，不过这似乎以吴地为主。《西湖游览志》云：“三月三日男女皆戴荠菜花。谚云：三春戴荠花，桃李羞繁华。”顾禄的《清嘉录》上亦说，“荠菜花俗呼野菜花，因谚有三月三蚂蚁上灶山之语，三日人家皆以野菜花置灶陉上，以厌虫蚁。清晨村童叫卖不绝。或妇女簪髻上以祈清目，俗号眼亮花。”但浙东人却不很理会这些事情，只是挑来做菜或炒年糕吃罢了。

黄花麦果通称鼠曲草，系菊科植物，叶小微圆互生，表面有白毛，花黄色，簇生梢头。春天采嫩叶，捣烂去汁，和粉作糕，称黄花麦果糕。小孩们有歌赞美之云：

黄花麦果韧结结，
关得大门自要吃，
半块拿弗出，一块自要吃。

清明前后扫墓时，有些人家——大约是保存古风的人家——用黄花麦果作供，但不作饼状，做成小颗如指顶大，或细条如小指，以五六个作一攒，名曰茧果，不知是什么意思，或因蚕上山时设祭，也用这种食品，故有是称，亦未可知。自从十二三岁时外出不参与外祖家扫墓以后，不复见过茧果，近来住在北京，也不再见黄花麦果的影子了。日本称作“御形”，与齐菜同为春天的七草之一，也采来做点心用，状如艾饺，名曰“草饼”，春分前后多食之，在北京也有，但是吃去总是日本风味，不复是儿时的黄花麦果糕了。

扫墓时候所常吃的还有一种野菜，俗称草紫，通称紫云英。农人在收获后，播种田内，用作肥料，是一种很被贱视的植物，但采取嫩茎瀹食，味颇鲜美，似豌豆苗。花紫红色，数十亩接连不断，一片锦绣，如铺着华美的地毯，非常好看，而且花朵状若蝴蝶，又如鸡雏，尤为小孩所喜，间有白色的花，相传可以治痢。很是珍重，但不易得。

日本《俳句大辞典》云：“此草与蒲公英同是习见的东西，从幼年时代便已熟识。在女人里边，不曾采过紫云英的人，恐未必有罢。”中国古来没有花环，但紫云英的花球却是小孩常玩的东西，这一层我还替那些小人们欣幸的。浙东扫墓用鼓吹，所以少年常随了乐音去看“上坟船里的姣姣”；没有钱的人家虽没有鼓吹，但是船头上篷窗下总露出些紫云英和杜鹃的花束，这也就是上坟船的确实的证据了。

差不多先生传

胡　适

你知道中国最有名的人是谁？

提起此人，人人皆晓，处处闻名。他姓差，名不多，是各省各县各村人氏。你一定见过他，一定听过别人谈起他。差不多先生的名字天天挂在大家的口头，因为他是中国全国人的代表。

差不多先生的相貌和你和我都差不多。他有一双眼睛，但看的不很清楚；有两只耳朵，但听得不很分明；有鼻子和嘴，但他对于气味和口味都不很讲究。他的脑子也不小，但他的记性却不很精明，他的思想也不很细密。

他常说："凡事只要差不多，就好了。何必太精明呢？"

他小的时候，他妈叫他去买红糖，他买了白糖回来。他妈骂他，他摇摇头说："红糖白糖不是差不多吗？"

他在学堂的时候，先生问他："直隶省的西边是哪一省？"

他说是陕西。先生说："错了。是山西，不是陕西。"他说："陕西同山西，不是差不多吗？"

后来他在一个钱铺里做伙计；他也会写，也会算，只是总不会精细。十字常常写成千字，千字常常写成十字。掌柜的生气了，常常骂他。他只是笑嘻嘻地赔礼道："千字比十字只多一小撇，不是差不多吗？"

有一天，他为了一件要紧的事，要搭火车到上海去。他从从容容地走到火车站，迟了两分钟，火车已开走了。他白瞪着眼，望着远远的火车上的煤烟，摇摇头道："只好明天再走了，今天走同明天走，也还差不多。可是火车公司未免太认真了。八点三十分开，同八点三十二分开，不是差不多吗？"他一面说，一面慢慢地走回家，心里总不明白为什么火车不肯等他两分钟。

有一天，他忽然得了急病，赶快叫家人去请东街的汪医生。那家人急急忙忙地跑去，一时寻不着东街的汪大夫，却把西街牛医王大夫请来了。差不多先生病在床上，知道寻错了人；但病急了，身上痛苦，心里焦急，等不得了，心里想道："好在王大夫同汪大夫也差不多，让他试试看罢。"于是这位牛医王大夫走近床前，用医牛的法子给差不多先生治病。不上一点钟，差不多先生就一命呜呼了。差不多先生差不多要死的时候，一口气断断续续地说道："活人同死人也差……差……差不多……凡事只要……差……差……不多……就……好了，……何……何……必……太……太认真呢？”他说完了这句话，方才绝气了。

他死后，大家都称赞差不多先生样样事情看得破，想得通；大家都说他一生不肯认真，不肯算账，不肯计较，真是一位有德行的人。于是大家给他取个死后的法号，叫他做圆通大师。

他的名誉越传越远，越久越大。无数无数的人都学他的榜样。于是人人都成了一个差不多先生——然而中国从此就成为一个懒人国了。

北戴河海滨的幻想

徐志摩

他们都到海边去了。我为左眼发炎不曾去。我独坐在前廊，偎坐在一张安适的大椅内，袒着胸怀，赤着脚，一头的散发，不时有风来撩拂。清晨的晴爽，不曾消醒我初起时睡态；但梦思却半被晓风吹断。我阖紧眼帘内视，只见一斑斑消残的颜色，一似晚霞的余赭，留恋地胶附在天边。廊前的马樱、紫荆、藤萝、青翠的叶与鲜红的花，都将他们的妙影映印在水汀上，幻出幽媚的情态无数；我的臂上与胸前，亦满缀了绿荫的斜纹。从树荫的间隙平望，正见海湾：海波亦似被晨曦唤醒，黄蓝相间的波光，在欣然的舞蹈。滩边不时见白涛涌起，迸射着雪样的水花。浴线内点点的小舟与浴客，水禽似的浮着；幼童的欢叫，与水波拍岸声，与潜涛呜咽声，相间的起伏，竞报一滩的生趣与乐意。但我独坐的廊前，却只是静静的，静静的无甚声响。妩媚的马樱，只是幽幽的微辗着，蝇虫也敛翅不飞。只有远近树里的秋蝉，在纺妙似的垂引他们不尽的长吟。

在这不尽的长吟中，我独坐在冥想。难得是寂寞的环境，难得是静定的意境；寂寞中有不可言传的和谐，静默中有无限的创造。我的心灵，比如海滨，生平初度的怒潮，已经渐次的消翳，只剩有疏松的海砂中偶尔的回响，更有残缺的贝壳，反映星月的辉芒。此时摸索潮余的斑痕，追想当时汹涌的情景，是梦或是真，再亦不须辨问，只此眉梢的轻皱，唇边的微哂，已足解释无穷奥绪，深深的蕴伏在灵魂的微纤之中。

青年永远趋向反叛，爱好冒险；永远如初度航海者，幻想黄金机缘于浩渺的烟波之外：想割断系岸的缆绳，扯起风帆，欣欣的投入无垠的怀抱。他厌恶的是平安，自喜的是放纵与豪迈。无颜色的生涯，是他目中的荆棘；绝海与凶巇，是他爱取自由的途径。他爱折玫瑰；为她的色香，亦为她冷酷的刺毒。他爱搏狂澜：为他的庄严与伟大，亦为他吞噬一切的天才，最是激发他探险与好奇的动机。他崇拜冲动：不可测，不可节，不可预逆，起，动，消歇皆在无形中，狂飚似的倏忽与猛烈与神秘。他崇拜斗争：从斗争中求剧烈的生命之意义，从斗争中求绝对的实在，在血染的战阵中，呼叫胜利之狂欢或歌败丧的哀曲。

幻象消灭是人生里命定的悲剧；青年的幻灭，更是悲剧中的悲剧，夜一般的沉黑，死一般的凶恶。纯粹的，猖狂的热情之火，不同阿拉伯的神灯，只能放射一时的异彩，不能永久的朗照；转瞬间，或许，便已敛熄了最后的焰舌，只留存有限的余烬与残灰，在未灭的余温里自伤与自慰。

流水之光，星之光，露珠之光，电之光，在青年的妙目中闪耀，我们不能不惊讶造化者艺术之神奇，然可怖的黑影，倦与衰与饱餍的黑影，同时亦紧紧地跟着时日进行，仿佛是烦恼、痛苦、失败，或庸俗的尾曳，亦在转瞬间，彗星似的扫灭了我们最自傲的神辉——流水涸，明星没，露珠散灭，电闪不再！

在这艳丽的日辉中，只见愉悦与欢舞与生趣，希望，闪烁的希望，在荡漾，在无穷的碧空中，在绿叶的光泽里，在虫鸟的歌吟中，在青草的摇曳中——夏之荣华，春之成功。春光与希望，是长驻的；自然与人生，是调谐的。

在远处有福的山谷内，莲馨花在坡前微笑，稚羊在乱石间跳跃，牧童们，有的吹着芦笛，有的平卧在草地上，仰看交幻的浮游的白云，放射下的青影在初黄的稻田中缥缈地移过。在远处安乐的村中，有妙龄的村姑，在流涧边照映她自制的春裙；口衔烟斗的农夫三四，在预度秋收的丰盈，老妇人们坐在家门外阳光中取暖，她们的周围有不少的儿童，手擎着黄白的钱花在环舞与欢呼。

在远——远处的人间，有无限的平安与快乐，无限的春光……

在此暂时可以忘却无数的落蕊与残红；亦可以忘却花荫中

掉下的枯叶，私语地预告三秋的情意；亦可以忘却苦恼的僵瘪的人间，阳光与雨露的殷勤，不能再恢复他们腮颊上生命的微笑，亦可以忘却纷争的互杀的人间，阳光与雨露的仁慈，不能感化他们凶恶的兽性；亦可以忘却庸俗的卑琐的人间，行云与朝露的丰姿，不能引逗他们刹那间的凝视；亦可以忘却自觉的失望的人间，绚烂的春时与媚草，只能反激他们悲伤的意绪。

我亦可以暂时忘却我自身的种种；忘却我童年期清风白水似的天真；忘却我少年期种种虚荣的希冀；忘却我渐次的生命的觉悟；忘却我热烈的理想的寻求；忘却我心灵中乐观与悲观的斗争；忘却我攀登文艺高峰的艰辛；忘却刹那的启示与彻悟之神奇；忘却我生命潮流之骤转；忘却我陷落在危险的旋涡中之幸与不幸；忘却我追忆不完全的梦境；忘却我大海底里埋首的秘密；忘却曾经刳割我灵魂的利刃，炮烙我灵魂的烈焰，摧毁我灵魂的狂飙与暴雨；忘却我的深刻的怨与艾；忘却我的冀与愿；忘却我的恩泽与惠感；忘却我的过去与现在……

过去的实在，渐渐地膨胀，渐渐地模糊，渐渐地不可辨认；现在的实在，渐渐地收缩，逼成了意识的一线，细极狭极的一线，又裂成了无数不相连续的黑点……

黑点亦渐次的隐翳？幻术似的灭了，灭了，一个可怕的黑暗的空虚……

暴风雨之前

瞿秋白

宇宙都变态了！

一阵阵的浓云；天色是奇怪的黑暗，如果它还是青的，那简直是鬼脸似的靛青的颜色。是烟雾，是灰沙，还是云翳把太阳蒙住了？为什么太阳会是这么惨白的脸色？还露出了恶鬼似的雪白的十几根牙齿？

这青面獠牙的天日是多么鬼气阴森，多么凄惨，多么凶狠！

山上的岩石渐渐的蒙上一层面罩，沙滩上的沙泥簌簌地响着。远远近近的树林呼啸着，一忽儿低些，一忽儿高些，互相唱和着，呼啦呼啦……嘁嘁喈喈……——宇宙的呼吸都急促起来了。

一阵一阵的成群的水鸟，不知道在什么地方受着了惊吓，慌慌张张地飞过来。它们想往那儿去躲？躲不了的！起初是偶然的，后来简直是时时刻刻发现在海面上的铄亮的，真所谓飞剑似的，一道道的毫光闪过去。这是飞鱼。它们生着翅膀，现在是在抱怨自己的爷娘没有给它们再生几只腿。它们往高处跳。跳到哪儿去？始终还是落在海里的！

海水快沸腾了。宇宙在颠簸着。

一股腥气扑到鼻子里来。据说是龙的腥气。极大的暴风雨和霹雳已经在天空里盘旋着，这是要“挂龙”了。隐隐的雷声一阵紧一阵松地滚着，雪亮的电闪扫着。一切都低下了头，闭住了呼吸，很慌乱的躲藏起来。只有成千成万的蜻蜓，一群群的哄动着，随着风飞来飞去。它们是奇形怪状的，各种颜色都有：有青白紫黑的，像人身上的伤痕，也有鲜丽的通红的，像人的鲜血。它们都很年轻，勇敢，居然反抗着青面獠牙的天日。

据说蜻蜓是“龙的苍蝇”。将要“挂龙”——就是暴风雨之前，这些“苍蝇”闻着了龙的腥气，就成群结队的出现。

暴风雨快要来了。暴风雨之中的雷霆，将要劈开黑幕重重的靛青色的天。海翻了个身似的泼天的大雨，将要洗干净太阳上的白翳。没有暴风雨的发动，不经过暴风雨的冲洗，是不会重见光明的。暴风雨呵，只有你能够把光华灿烂的宇宙还给我们！只有你！

但是，暂时还只在暴风雨之前。“龙的苍蝇”始终只是些苍蝇，还并不是龙的本身。龙固然已经出现了，可是，还没有扫清整个的天空呢。

月夜到黎明

白　朗

月夜里，飘着幽灵样的轻风，随着银色的月影，它也悄悄地爬进我的窗棂。在这所高耸的小楼中，我蜷卧在床上，享受这风与月的温存。温存呵，它们比睡在我身边的孩子的嫩红的小脸更加温存。

让春风轻抚我蓬松的鬓发，任夜月狂吻我枯干的唇，我陶醉了，我陶醉在这稀有的清新、稀有的温情抚爱中。

轻轻地，我闭上了醉态的眼睛。

风儿仍在轻抚，月儿仍在偷吻。

踏着银色的大地，我踽踽独行，闪闪发光的星群，集中了视线不瞬地向我跟踪，它们笑了，笑得是那么猥亵而阴森！

“笑什么？鬼东西，你们是不是在笑我愚蠢？”

讥笑，监视，都听凭你们，无论如何，我也要完成这有计划的夜的途程。

我踏过了一片青春的原野，又爬上了一座青春的峰峦，一座又一座，无数的峰峦庄严地向我投送着雄伟的注视。爬呀，爬呀，爬上山坡，爬上顶峰，由这一顶峰跳上另一顶峰，那里充满着灿烂的青春，流荡着活气与鲜明。然而，我疲倦了，两只腿的软瘫通过了全身。我拥抱着最高的山峦，用口水润了润不感疲倦的喉咙，向着环绕的山峰，向着原野，向着银色的月，也向着渺小的、藐视我的星星，吐出了我的歌声：

……

粉碎呀，粉碎侵略者的迷梦，
争取中华民族的自由与生存，
把敌人打个落花流水，
建立起真正的和平。
永远呀，永远也不做被压迫的奴隶，
永远也不再受人欺凌，
中国的领土是我们的，
我们才是中国的主人！
……

一声脆快的霹雷，震断了我激昂的歌声。仅仅一瞬，整个地球失却了光明，皎洁的月亮遮在黑云背后，温柔的春风变成激昂的吼鸣，光明被黑暗吞蚀，黑暗在暴风里打滚，雷声断续地轰响，像要震倒那巍巍然的山峰。

站在黑暗里，我迷失了方向。

霹雷，闪电，怒吼的风和无边的黑暗。

突然，大雨带着冲锋的杀声倾泻下来，像瀑布，像山洪，闪着白色的光亮。我俯首瞰视，青春的原野竟变成了无边的海，海水继续增涨，增涨，呵，它竟与山峰并肩了，白色的飞沫，带着骇人的吼叫冲向山峰了！

“我不能，我不能让海水卷去我的生命呵！”我想，“我还有待哺的孩子，我还有……”

“快跳上来，我把你送上彼岸。”

一个轻巧的舢板，在海浪上颠荡，我顺从舟子的招引，跳上那救生的小船。青年的舟子满身流汗了，他拼命地撑住那修长的篙竿，漂呵，荡呵，和海浪搏斗着。终于，我看见了不远的光明的彼岸。

“呵，我们已经凯旋！”

庞大的海的欢呼，使我展开了朦胧的视线，原来这无边的海里正漂荡着数不清的小船，在我面前展开了青春的原野和黎明的春阳，我兴奋地握住了修长的篙杆，用力一撑，船便悠然靠岸。一声清脆的遽然的鸡鸣唤醒了我，身边的孩子正惊恐地哭着，挣扎着。我恍悟地松开了我的紧握住孩子肥胖的臂膀的手，唱起催眠歌：

好宝宝，不要哭，不要怕，
妈妈扶着你的小肩膀，
冲破了汹涌咆哮的海浪。
如今哪，如今已经到达彼岸，
晨光熹微了，
光明的太阳就要出现，
新中国的伟大任务，
要你勇敢地担当！

仇恨

王统照

威尔士以为在有“现代国家”以前，统治着人群间之关系的是仇恨。这正如中国的旧语，说历史是一部相斫书一样，不过威尔士生当现代所见所论更为广远而已。但“现代国家”不是一例也被仇恨织成密网，把人类的智慧，诸般生活，套得细密，拴得坚牢，连一面的活路也不给开出来吗？其实，党派、种族、国家，彼此的仇恨正是“自古已然，于今为烈！”。

一方固是借了科学的力量使人类的文化焕然改观，但也因为工具的发明，与真正文化的动力不能调谐，不能互相资助，反而造出多少世界的悲剧；也因此“仇恨”的种子随风播扬，随地萌发，有时真令我们对于所谓人类的价值与互助的精神，从根本上引起疑问。这是科学的赐予么？否！是工业革命后必经的历阶么？否！是人类伦理的破产么？否！

这不是一句简单的答语所能包括无遗的。

野心、暴厉的欲求、夸大，经济制度的不平等，过度的心理与生理的刺激，都是造成现代人类“仇恨”的因由之一，而最大的关键是人类的文化教育走入暗途。

杀、掠、虐待、夺娶势力的逼迫，无限度的肉体享受与精神上的疯狂，虽是自古来已经逃不开这样公例，但近代文化教育或直接，或间接却是督促、鼓励、指导全人类向这方奔跑。

当然，我们不能忽视现实；当然，我们不能在恶力之下泯灭了思感；当然，在现时少有高谈细论人类根本问题的余裕。

但想到这个问题，证之于耳闻目睹的种种事，除却用群体的大力与团结的精神使之消灭外，在未来，我们要怎样永远消除人类社会的“仇恨”心理，怎样在正途上提高人类的智慧，与改善妒忌、专擅、强暴、残酷的行为，这确是每一 个文化工作者应加一番思索的。

“生年不满百，常怀千岁忧！”我们不仅在目前的千辛万苦中不沮丧，不畏难，不消极，我们也应该为未来的人类光明努力！

不只为自己的利害要冲破前途的黑暗，更应寻求人类的真正福利为世界“树之风声”。

在未来，我们应把人类相斫的魔手投于荣光的熔炉里！

夜 行

王统照

夜间，正是萧森荒冷的深秋之夜，群行于野，没有灯，没有人家小窗中的明光；没有河面上的渔火，甚至连黑沉沉地云幕中也闪不出一道两道的电光。

黑暗如一片软绒展铺在脚下面，踏去是那么茸茸然空若无物，及至抚摸时也是一把的空虚。不但没有柔软的触感，连膨胀在手掌中的微力也试不到。

黑暗如同一只在峭峰上蹲踞的大鹰的翅子，用力往下垂压。遮盖住小草的舞姿，石头的眼睛，悬在空间，伸张着它的怒劲。在翅子上面，藏在昏冥中的钢嘴预备若吞蚀生物；翅子下，有两只利爪等待获拿。那盖住一切的大翅，仿佛正在从容中煽动这黑暗的来临。

黑暗如同一只感染了鼠疫的老鼠，静静地，大方地，躺在霉湿的土地上。周身一点点的力量没了。它的精灵，它的乖巧，它的狡猾，都完全葬在毒疫的细菌中间。和厚得那么毫无气息，皮毛是滑得连一滴露水也沾濡不上，它安心专候死亡的支配。它在平安中散布这黑暗的告白。

群行于野，这夜中的大野那么宽广，——永远行不到边际；那么平坦，——永远踏不到一块荦确的石块；那么干净，——永远找不到一个蒺藜与棘刺刺破足趾。

行吧！在这大野中，在这黑暗得如一片软绒，一只大鹰的翅子，一个待死的老鼠的夜间。

行吧！在这片空间中，连他们的童年中常是追逐着脚步的身影也消失了，没有明光哪里会有身影呢。

行吧！需要甚么？——甚么也不需要；希望甚么？——甚么也不希望。昏沉中，灵魂涂上了同一样的颜色，眼光毫无用处，可也用不到担心，——于是心也落到无光的血液中了。

也还在慢行中等待天明时的东方晨星么？谁能回答。不知联合起来的记忆是否曾被踏在黑暗的软绒之下？

耳闻不如一见

顾均正

在郭老新编的话剧“蔡文姬”里，提到了蔡文姬的父亲蔡邕所造的那张焦尾琴。最近我看了“蔡文姬”的演出，自然而然想起了焦尾琴，想起了关于焦尾琴的故事：

蔡邕因为不愿趋附权贵，怕被人陷害，曾经亡命江南，往来于吴会之间（今江、浙一带），计十二年。据说他在吴（今苏州）的时候，有一天听见邻家烧饭的柴火中发出一种爆裂的声音，他熟悉这种声音，知道这声音来自一种极好的桐木，这种桐木是造琴的最好材料。他就跟邻家主人商量，把这段烧焦了的桐木要了来，造成一张琴。这张琴弹起来果然非常好听。因为它的一端是烧焦的，所以大家都叫它焦尾琴。

当我想起这个故事的时候，使我对“耳闻不如目见”这句成语不能不有所怀疑。的确，我们认识这个物质世界，有时候不是用眼睛来看而是用耳朵来听的。蔡邕能够从木材燃烧时发出的爆裂声来辨别木材的好坏，充分说明了“耳闻”不一定“不如目见”。当然，“耳闻不如目见”这句话的原意是指间接经验不如直接经验那样可靠，这是完全正确的。但是，如果对这句话只是从字面上来理解，认为耳朵听到的总不如眼睛看见的那样可靠，那对耳朵来说，却是极大的冤枉。

我们应该承认，眼睛是直接经验的主要来源，可是我们也承认，眼睛是最会骗人的。举一个极普通的例子来说，我们大家觉得早晨的太阳比中午的太阳大得多，可是如果你用照相机给太阳在早晨和中午各照一个相，你就会发现摄得的相片是一样大小的。谁会想到，在这个每天接触到的日常现象上，从古到今，无论是什么人，无论在什么地方，都一直在受着眼睛的骗？并且骗得我们好苦，不但古代的大学问家如孔子，没有能回答为什么早晨的太阳看起来会大于中午的太阳，连现代的科学家，对这个问题也不曾有一个令人十分满意的解释。这个现象对迷信眼睛的人来说，是一个有力的讽刺。

当然，我们这样说，并不是要否定眼睛的作用。我们只是说明，眼睛虽然有非常广阔的活动范围，可是它是有缺点的。我们不能迷信眼睛，小看了耳朵的作用。

耳朵的活动范围虽然小，可是它的作用也不只是听听讲话，听听音乐。它还有其他的特殊功用。在某种场合，它不但无愧于“以耳代目”这句话，而且比眼睛做得更好。

主角

三 毛

在我的生活里，我就是主角。

对于他人的生活，我们充其量只是一份暗示、一种鼓励和启发，还有真诚的关爱。这些态度，可能因而丰富了他人的生活，但这没有可能发展为——代办他人的生命。

我们当不起完全为另一个生命而活——即使他人给予这份权利。

坚持自己该做的事情，是一种勇气。绝对不做那些良知不允许的事，是另一种勇气。

不要害怕拒绝别人，如果自己的理由出于正当。

当一个人开口提出要求的时候，他的心里根本预备好了两种答案。所以，给他任何一个其中的答案，都是意料中的。

原谅他人的错误，不一定全是美德。漠视自己的错误，倒是一种最不负责的释放。

过分为己，是为自私自利。完全舍我，也是虐待了一个生灵——自己。

爱和信任

三 毛

每次回国，下机场时心中往往已经如临大敌，知道要面临的是一场体力与心力极大的考验与忍耐。

其实，外在的压力事实上并不大会干扰到内心真正的那份自在和空白，是可以二分的。

最怕的人，是母亲。在我爱的人面前，“应付”这个字，便使不出来。爱使一切变得好比“最初的人”，是不可能在这个字的定义下去讲理论和手段的。多年前，当我第一次回国，单独上街去的时候，母亲追了出来，一再地叮咛着：“绿灯才可以过街，红灯要停步，不要忘了，这很危险的呀！”

当时，我真被她烦死了，跑着逃掉，口里还在悄悄地顶嘴，怪她不肯信任我。可是当我真的停在一盏红灯的街道对面时，眼泪却夺眶而出。“妈妈，我不是不会，我爱你，你看，我不是停步了。”最近，又回国了，母亲要我签名送书给亲戚们，我顺从地开始写，她又在旁边讲：“余玉云姐姐的玉字，是贾宝玉的玉，你要称她姐姐，因为我们太爱这位正直、敬业的朋友。不要写错了，红楼梦中宝玉、黛玉的玉，斜玉边字加一个点，不要错了——”那时，我忍下了，因为她永远不相信我会写这个玉字，我心里十分不耐，可是不再顶嘴。

我回国是住在父母家中的，吃鱼，母亲怕我被刺卡住。穿衣，她在一旁指点。万一心情好，多吃了一些，她强迫我在接电话的那挤忙不堪的时候内，要我同时答话，同时扳开口腔，将呛死人的胃药粉、人参粉和维他命，加上一杯开水，在不可能的情况下灌溉下去。结果人呛得半死，她心安理得地走开。电话的对方，以为我得了气喘。

回想起来，每一度的决心再离开父母，是因为对父母爱的忍耐，已到了极限。而我不反抗，在这份爱的泛滥之下，母亲化解了我已独自担当的对生计和环境全然的责任和坚强——她不相信我对人生的体验。在某些方面，其实做孩子的已是比她的心境更老而更苍凉。无论如何说，固执的母爱，已使我放弃了挑战生活的信心和考验，在爱的伟大前提之下，母亲胜了，也因对她的爱无可割舍，令人丧失了一个自由心灵的信心和坚持。我想了又想，这件家庭的悲喜剧，只有开诚布公地与父母公开谈论，请他们信任我，在人生的旅途上，不要太过于以他们的方式来保护我。这件事，双方说得坦诚，也同意万一我回国定居，可能搬出去住，保持距离，各自按照正确的方向，彼此做适度的退让和调整。这一点，父母一口答应了。而我，为了保护自己的生活方式，做了一个在别的家庭中，可能引起极大的伤心，甚而加上不幸罪名的叛逆者，幸而父母开明，彼此总算了解。

讲通了，乐意回国定居，可是母亲突然又说："那么你搬出去我隔几天一定要送菜去给你吃，不吃我不安心。"

又说："莫名其妙的男朋友，不许透露地址，他们纠缠你，我们如何来救，你会应付吗？"

十七年离家，自爱自重，也懂得保护自己，分别善恶和虚伪，可是，在父母的眼中，我永远是一个天真的小孩子，他们绝对不相信我有足够的能力应付人世的复杂。虽然品格和教养是已慢慢在建立，可是他们只怕我上当。

父亲其实才是小孩子，他的金钱，借出去了，大半有去无还，还不敢开口向人讨回，这使他的律师公费，常常是年节时送来一些水果，便解决了他日夜伏案的辛劳。

有一次，一场费力的诉讼结果，对方送了一个大西瓜来，公费便不提了，当事人走时，父亲居然道谢又道谢，然后开西瓜叫我们吃。我当时便骂他太没有勇气去讨公费，他居然一笑置之，说这是意外的收入，如果当事人一毛不拔，过河拆桥，翻脸不认，又将他如何。

这种行径，我不去向他反复噜苏，因为没有权利，因为我信任他，不会让我们冻饿。可是，当我舍不得买下一件千元以上的衣服时，他又反过来拼命讲道理我听，说我太节省，衣着太陈旧，有失运用金钱的能力，太刻苦，所谓刻薄自己也。其实，名、利、衣、食和行，在我都不看重。只有在住的环境上，稍稍奢侈。渴望一片蓝天，一个可以种花草的阳台，没有电话的设备，新鲜的空气，便是安宁的余生，可是，这样的条件，在台湾，又岂容易？

父母期望的是——“喂猪”。当我看见父母家的窗外一片灰色的公寓时，我的心，常常因为视线的无法辽阔和舒畅，而觉自由心灵的丧失和无奈——毕竟，不是大隐。吃不吃，都不能解决问题，可是母亲不理这些，绝对不理。

母亲看我吃，她便快乐无比。我便笑称，吃到成了千台斤的大肥猪而死时，她必定在咽气之前，还要灌一碗参汤下去，好使她的爱，因为那碗汤，使我黄泉之路走得更有体力。

爱和信任，爱与尊重，爱过多时，便是负担和干扰。这种话，对父母说了千万次，因为他们的固执，失败的总是我——因为不忍。毕竟，这一切，都是出于彼此刻骨的爱。

每当我一回国，家中必叫说“革命分子”又来了。平静的生活，因我的不肯将眼睛也吃到堵住，必然有一番伤到母亲心灵深处的悲哀。可是，我不能将自己离家十七年的生活习惯，在孝道的前提之下，丧失了自我，改变成一个只是顺命吃饭的人，而完全放弃了自我建立的生活形态。

在父母的面前，再年长的儿女，都是小孩子，可是中国的孩子，在伦理的包袱下，往往担得太认真和顺服，没有改革家庭的勇气和明智。这样，在孝道上，其实也是“愚孝”。我们忘了，父母在我们小时候教导我们，等我们长大了，也有教育父母的责任，当然，在方式和语气上，一定本着爱的回报和坚持，双方做一个适度的调整。不然，这个社会，如何有进步和新的气象呢。一个国家社会的基本，还是来源于家庭的基本结构和建立，如果年轻的一代只是“顺”而不“孝”，默默地忍受了上一代的生活方式和观念，一旦我们做了父母的时候，又用同样的生活习惯和思想，自自然然地叫自己的孩子再走上祖父母的那种生活方式，这在理性上来说，便是“不孝”了。

父母的经历和爱心，是不可否认的事实。在好的一方面，我们接受、学习、回报，在不合时代的另一方面，一定不可强求，闹出家庭悲剧。慢慢感化，沟通，如果这一些都试尽了，而没有成果，那么只有忍耐爱的负担和枷锁，享受天伦之乐中一些累人的无奈和欣慰。但是，不能忘了，我们也是“个体”，内心稍稍追求你那一份神秘的自在吧！

因为我的父母开明，才有这份勇气，在夜深人静的时候，母亲不再来替我——一个中年的女儿盖被的偶尔自由中，写出了一个子女对父母的心声。

父亲、母亲，爱你们胜于一切，甚而向老天爷求命，但愿先去的是你们。而我，最没有勇气活下去的一个人，为了父母，大撑到最后。这件事情，在我实在是艰难，可是答应回国定居，答应中国式接触的复杂和压力，答应吃饭，答应一切你们对我——心肝宝贝的关爱。那么，也请你们适度地给我自由，在我的双肩上，因为有一口嘘息的机会，将这份爱的重负，化为责任的欣然承担。

学问与趣味

梁实秋

前辈的学者常以学问的趣味启迪后生，因为他们自己实在是得到了学问的趣味，故不惜现身说法，诱导后学，使他们也在愉快的心情之下走进学问的大门。例如，梁任公（梁启超）先生就说过："我是个主张趣味主义的人，倘若用化学化分'梁启超'这件东西，把里头所含一种元素名叫'趣味'的抽出来，只怕所剩下的仅有个零了。"任公先生注重趣味，学问甚是渊博，而并不存有任何外在的动机，只是"无所为而为"，故能有他那样的成就。

一个人在学问上果能感觉到趣味，有时真会像是着了魔一般，真能废寝忘食，真能不知老之将至，苦苦钻研，锲而不舍，在学问上焉能不有收获？不过我常想，以任公先生而论，他后期的著述如历史研究法，先秦政治思想史，以及有关墨子佛学陶渊的作品，都可说是他的一点"趣味"在驱使着他，可是在他在年轻的时候，从师受业，诵读典籍，那时节也全然是趣味么？作八股文，作试贴诗，莫非也是趣味么？我想未必。大概趣味云云，是指年长之后自动作学问之时而言，在年轻时候为学问打根底之际恐怕不能过分重视趣味。学问没有根底，趣味也很难滋生。任公先生的学问之所以那样的博大精深，涉笔成趣，左右逢源，不能不说一大部分得力于他的学问根底之打得坚固。

我尝见许多年轻的朋友，聪明用功，成绩优异，而语文程度不足以达意，甚至写一封信亦难得通顺，问其故则曰其兴趣不在语文方面。又有一些位，执笔为文，斐然可诵，而视数理科目如仇雠，勉强才能及格，问其故则曰其情趣不在数理方面，而且他们觉得某些科目没有趣味，便撇在一旁视如敝屣，怡然自得，振振有词，略无愧色，好像这就是发扬趣味主义。殊不知天下没有没有趣味的学问，端视吾人如何发掘其趣味，如果在良师指导之下按部就班的循序而进，一步一步地发现新天地，当然乐在其中，如果浅尝辄止，甚至躐等躁进，当然味同嚼蜡，自讨没趣。一个有中上天资的人，对于普通的基本的文理科目，都同样的有学习的能力，绝不会本能的长于此而拙于彼。只有懒惰与任性，才能使一个人自甘暴弃的在“趣味”的掩护之下败退。

自小学到中学，所修习的无非是一些普通的基本知识。就是大学四年，所授课业也还是相当粗浅的学识。世人常称大学为“最高学府”，这名称易滋误解，好像过此以上即无学问可言。大学的研究所才是初步研究学问的所在，在这里作学问也只能算是粗涉藩篱，注重的是研究学问的方法与实习。学无止境，一生的时间都嫌太短，所以古人皓首穷经，头发白了还是在继续研究，不过在这样的研究中确是有浓厚的趣味。

在初学的阶段，由小学至大学，我们与其倡言趣味，不如偏重纪律。一个合理编列的课程表，犹如一个营养均衡的食谱，里面各个项目都是有意而必要的，不可偏废，不可再有选择。所谓选修科目也只是在某一项目范围内略有拣选余地而已。一个受过良好教育的人，犹如一个科班出身的戏剧演员，在坐科的时候他是要服从严格纪律的，唱工、做工、武把子都要认真学习，各种角色的戏都要完全谙通，学成之后才能各按其趣味而单独发展其所长。学问要有根底，根底要打得平整坚实，以后永远受用。初学阶段的科目之最重要的莫过于语文与数学。语文是阅读达意的工具，国文不通便很难表达自己，外国文不通便很难吸取外来的新知。数学是思想条理之最好的训练。其他科目也是各有各的用处，其重要性很难强分轩轾，例如体育，从另一方面看也是重要得无以加复。总之，我们在求学时代，应该暂且把趣味放在一旁，耐着性子接受教育的纪律，把自己锻炼成为坚实的材料。学问的趣味，留在将来慢慢享受一点也不迟。

时间即生命

梁实秋

最令人怵目惊心的一件事，是看着钟表上的秒针一下一下地移动，每移动一下就是表示我们的寿命已经缩短了一部分。再看看墙上挂着的可以一张张撕下的日历，每天撕下一张就是表示我们的寿命又缩短了一天。因为时间即生命。没有人不爱惜他的生命，但很少人珍视他的时间。如果想在有生之年做一点什么事，学一点什么学问，充实自己，帮助别人，使生命成为有意义，不虚此生，那么就不可浪费光阴。这道理人人都懂，可是很少人真能积极不懈的善于利用他的时间。

我自己就是浪费了很多时间的一个人。我不打麻将，我不经常的听戏看电影，几年中难得一次，我不长时间看电视，通常只看半个小时，我也不串门子闲聊天。有人问我：“那么你大部分时间都做了些什么呢？”我痛自反省，我发现，除了职务上的必须及人情上所不能免的活动之外，我的时间大部分都浪费了。我应该集中精力，读我所未读过的书，我应该利用所有时间，写我所要写的东西，但是我没能这样做。我的好多的时间都糊里糊涂的混过去了，“少壮不努力，老大徒伤悲。”例如我翻译莎士比亚，本来计划于课余之暇每年翻译两部，二十年即可完成，但是我用了三十年，主要的原因是懒。翻译之所以完成，主要的是因为活得相当长久，十分惊险。翻译完成之后，虽然仍有工作计划，但体力渐衰，有力不从心之感。假使年轻的时候鞭策自己，如今当有较好或较多的表现。然而悔之晚矣。

再例如，作为一个中国人，经书不可不读。我年过三十才知道读书自修的重要。我披阅，我圈点，但是恒心不足，时作时辍。五十以学易，可以无大过矣，我如今年过八十，还没有接触过易经，说来惭愧。史书也很重要。我出国留学的时候，我父亲买了一套同文石印的前四史，塞满了我的行箧的一半空间，我在外国混了几年之后又把前四史原封带回来了。直到四十年后才鼓起勇气读了“通鉴”一遍。现在我要读的书太多，深感时间有限。

无论做什么事，健康的身体是基本条件。我在学校读书的时候，有所谓“强迫运动”，我踢破过几双球鞋，打断过几只球拍。因此侥幸维持下来最低限度的体力。老来打过几年太极拳，目前则以散步活动筋骨而已。寄语年轻朋友，千万要持之以恒的从事运动，这不是嬉戏，不是浪费时间。健康的身体是做人做事的真正的本钱。

永远的憧憬和追求

萧　红

1911年，在一个小县城里边，我生在一个小地主的家里。那县城差不多就是中国的最东北部——黑龙江省，所以一年之中，倒有四个月飘着白雪。

父亲常常为着贪婪而失掉了人性。他对待仆人，对待自己的儿女，以及对待我的祖父都是同样的吝啬和疏远，甚至于无情。

有一次，为着房屋租金的事情，父亲把房客的全套的马车赶了过来。房客的家属们哭着，诉说着，向我的祖父跪了下来，于是祖父把两匹棕色的马从车上解了下来还了回去。

为着这两匹马，父亲向祖父起着终夜的争吵。“两匹马，咱们是算不了什么的，穷人，这匹马就是命根。”祖父这样说着，而父亲还是争吵。

九岁时，母亲死去。父亲也就更变了样，偶然打碎了一只杯子，他就要骂到使人发抖的程度。后来就连父亲的眼睛也转了弯，每从他的身边经过，我就像自己的身上生了针刺一样：他斜视着你，他那高傲的眼光从鼻梁经过嘴角而后往下流着。

所以每每在大雪中的黄昏里，围着暖炉，围着祖父，听着祖父读着诗篇，看着祖父读着诗篇时微红的嘴唇。

父亲打了我的时候，我就在祖父的房里，一直面向着窗子，从黄昏到深夜——窗外的白雪，好像白棉花一样飘着；而暖炉上水壶的盖子，则像伴奏的乐器似的振动着。

祖父时时把多纹的两手放在我的肩上，而后又放在我的头上，我的耳边便响着这样的声音：

“快快长吧！长大就好了。”

二十岁那年，我就逃出了父亲的家庭。直到现在还是过着流浪的生活。

“长大”是“长大”了，而没有“好”。

可是从祖父那里，知道了人生除掉了冰冷和憎恶而外，还有温暖和爱。

所以我就向这“温暖”和“爱”的方面，怀着永久的憧憬和追求。

恋爱不是游戏

庐　隐

没有在浮沉的人海中，翻过筋斗的和尚，不能算善知识；

没有受过恋爱洗礼的人生，不能算真人生。

和尚最大的努力，是否认现世而求未来的涅槃，但他若不曾了解现世。他又怎能勘破现世，而跳出三界外呢？

而恋爱是人类生活的中心，孟子说："食色，性也。"所谓恋爱正是天赋之本能，如一生不了解恋爱的人，他又何能了解整个的人生？

所以凡事都从学习而知而能，只有恋爱用不着学习，只要到了相当的年龄，碰到合式（适）的机会，他和她便会莫名其妙地恋爱起来。

恋爱人人都会，可是不见得人人都懂，世俗大半以性欲伪充恋爱，以游戏的态度处置恋爱，于是我们时刻可看到因恋爱而不幸的记载。

实在的恋爱绝不是游戏，也绝不是堕落的人生所能体验出其价值的，它具有引人向上的鞭策力，它也具有伟大无私的至上情操，它更是美丽的象征。

在一双男女正纯洁热爱着的时候，他和她内心充实着惊人的力量；他们的灵魂是从万有的束缚中，得到了自由，不怕威胁，不为利诱，他们是超越了现实，而创造他们理想的乐园。

不幸物欲充塞的现世界，这种恋爱的光辉，有如萤火之微弱，而且“恋爱”有时适成为无知男女堕落之阶，使维纳斯不禁深深地叹息：“自从人群趋向灭亡之途，恋爱变成了游戏，哀哉！”

野　草

夏　衍

有这样一个故事。

人问：世界上什么东西的气力最大？回答纷纭的很，有的说“象”，有的说“狮”，有人开玩笑似的说：是“金刚”。金刚有多少气力，当然大家全不知道。

结果这一切答案完全不对，世界上气力最大的，是植物的种子。一粒种子可以显现出来的力，简直是超越一切。

这儿又是一个故事。

人的头盖骨，结合得非常致密与坚固，生理学家和解剖学者用尽了一切的方法，要把它完整地分开来，都没有这种力气。后来忽然有人发明了一个方法，就是把一些植物的种子放在要剖析的头盖骨里，给它以温度与湿度，使它发芽。一发芽，这些种子便以可怕的力量，将一切机械力所不能分开的骨骼，完整地分开了。植物种子力量之大，如此如此。

这，也许特殊了一点，常人不容易理解。那么，你看见笋的成长吗？你看见被压在瓦砾和石块下面的一棵小草的生成吗？它为着向往阳光，为着达成它的生之意志，不管上面的石块如何重，石块与石块之间的如何狭，它必定要曲曲折折地，但是顽强不屈地透到地面上来。它的根往土壤钻，它的芽往地面挺。这是一种不可抗的力，阻止它的石块，也被它掀翻。一粒种子的力量的大，如此如此。

没有一个人将小草叫做“大力士”，但是它的力量之大，的确是世界无比。这种力，是一般人看不见的生命力，只要生命存在，这种力就要显现，上面的石块，丝毫不足以阻挡。因为它是一种“长期抗战”的力，有弹性，能屈能伸的力，有韧性，不达目的不止的力。

这种不落在肥土而落在瓦砾中、有生命力的种子决不会悲观和叹气，因为有了阻力才有磨炼。生命开始的一瞬间就带了斗争来的草，才是坚韧的草，也只有这种草，才可以傲然地对那些玻璃棚中养育着的盆花哄笑。

养花

老舍

我爱花，所以也爱养花。我可还没成为养花专家，因为没有工夫去研究和试验。我只把养花当做生活中的一种乐趣，花开得大小好坏都不计较，只要开花，我就高兴。在我的小院子里，一到夏天满是花草，小猫只好上房去玩，地上没有它们的运动场。

花虽然多，但没有奇花异草。珍贵的花草不易养活，看着一棵好花生病要死是件难过的事。北京的气候，对养花来说，不算很好。冬天冷，春天多风，夏天不是干旱就是大雨倾盆；秋天最好，可是忽然会闹霜冻。在这种气候里，想把南方的好花养活，我还没有那么大的本事。因此，我只养些好种易活、自己会奋斗的花草。

不过，尽管花草自己会奋斗，我若置之不理，任其自生自灭，它们多数还是会死了的。我得天天照管它们，像好朋友似的关切它们。一来二去，我摸着一些门道：有的喜阴，就别放在太阳地里；有的喜干，就别多浇水。这是个乐趣，摸住门道，花草养活了，而且三年五载老活着、开花，多么有意思啊！不是乱吹，这就是知识啊！多得些知识，一定不是坏事。

我不是有腿病吗，不但不利于行，也不利于久坐。我不知道花草们受我的照顾，感谢我不感谢；我可得感谢它们。在我工作的时候，我总是写几十个字，就到院中去看看，浇浇这棵，搬搬那盆，然后回到屋中再写一点，然后再出去，如此循环，让脑力劳动和体力劳动结合到一起，有益身心，胜于吃药。要是赶上狂风暴雨或天气突变，就得全家动员，抢救花草，十分紧张。几百盆花，都要很快地抢到屋里去，使人腰酸腿疼，热汗直流。第二天，天气好了，又得把花都搬出去，就又一次腰酸腿疼，热汗直流。可是，这多么有意思呀！不劳动，连棵花也养不活，这难道不是真理吗？

送牛奶的同志进门就夸“好香”！这使我们全家都感到骄傲。赶到昙花开放的时候，约几位朋友来看看，更有秉烛夜游的味道——昙花总在夜里开放。花分根了，一棵分为几棵，就赠给朋友们一些；看着友人拿走自己的劳动果实，心里自然特别欢喜。

当然，也有伤心的时候，今年夏天就有这么一回。三百棵菊秧还在地上（没到移入盆中的时候），下了暴雨，邻家的墙倒了，菊秧被砸死三十多种，一百多棵。全家几天都没有笑容。

有喜有忧，有笑有泪，有花有果，有香有色。既须劳动，又长见识，这就是养花的乐趣。

又是一年芳草绿

老　舍

悲观有一样好处，它能叫人把事情都看轻了一些。这个可也就是我的坏处，它不起劲，不积极。您看我挺爱笑不是？因为我悲观。悲观，所以我不能板起面孔，大喊：“孤——刘备！”我不能这样。一想到这样，我就要把自己笑毛咕了。看着别人吹胡子瞪眼睛，我从脊梁沟上发麻，非笑不可。我笑别人，因为我看不起自己。别人笑我，我觉得应该；说得天好，我不过是脸上平润一点的猴子。我笑别人，往往招人不愿意；不是别人的量小，而是不像我这样稀松，这样悲观。

我打不起精神去积极地干，这是我的大毛病。可是我不懒，凡是我该做的我总想把它做了，总算得点报酬养活自己与家里的人——往好了说，尽我的本分。我的悲观还没到想自杀的程度，不能不找点事做。有朝一日非死不可呢，那只好死喽，我有什么法儿呢？

这样，你瞧，我是无大志的人。我不想当皇上。最乐观的人才敢做皇上，我没这份胆气。

有人说我很幽默，不敢当。我不懂什么是幽默。假如一定问我，我只能说我觉得自己可笑，别人也可笑；我不比别人高，别人也不比我高。谁都有缺欠，谁都有可笑的地方。我跟谁都说得来，可是他得愿意跟我说；他一定说他是圣人，叫我三跪九叩报门而进，我没这个瘾。我不教训别人，也不听别人的教训。幽默，据我这么想，不是嬉皮笑脸，死不要鼻子。

也不是怎股子劲儿，我成了个写家。我的朋友德成粮店的写账先生也是写家，我跟他同等，并且管他叫二哥。既是个写家，当然得写了。“风格即人”——还是“风格即驴”？——我是怎个人自然写怎样的文章了。于是有人管我叫幽默的写家。我不以这为荣，也不以这为辱。我写我的。卖得出去呢，多得个三块五块的，买什么吃不香呢。卖不出去呢，拉倒，我早知道指着写文章吃饭是不易的事。

稿子寄出去，有时候是肉包子打狗，一去不回头；连个回信也没有。这，咱只好幽默；多咱见着那个骗子再说，见着他，大概我们俩总有一个笑着去见阎王的，不过，这是不很多见的，要不怎么我还没想自杀呢。常见的事是这个，稿子登出去，酬金就睡着了，睡得还是挺香甜。直到我也睡着了，它忽然来了，仿佛故意吓人玩。数目也惊人，它能使我觉得自己不过值一毛五一斤，比猪肉还便宜呢。这个咱也不说什么，国难期间，大家都得受点苦，人家开铺子的也不容易，掌柜的吃肉，给咱点汤喝，就得念佛。是的，我是不能当皇上，焚书坑掌柜的，咱没那个狠心，你看这个劲儿！不过，有人想坑他们呢，我也不便拦着。

这么一来，可就有许多人看不起我。连好朋友都说："伙计，你也硬正着点，说你是为人类而写作，说你是中国的高尔基；你太泄气了！"真的，我是泄气，我看高尔基的胡子可笑。他老人家那股子自卖自夸的劲儿，打死我也学不来。人类要等着我写文章才变体面了，那恐怕太晚了吧？我老觉得文学是有用的；拉长了说，它比任何东西都有用，都高明。可是往眼前说，它不如一尊高射炮，或一锅饭有用。我不能吆喝我的作品是"人类改造丸"，我也不相信把文学杀死便天下太平。我写就是了。

别人的批评呢？批评是有益处的。我爱批评，它多少给我点益处；即使完全不对，不是还让我笑一笑吗？自己写的时候仿佛是蒸馒头呢，热气腾腾，莫名其妙。及至冷眼人一看，一定看出许多错儿来。我感谢这种指摘。说的不对呢，那是他的错儿，不干我的事。我永不驳辩，这似乎是胆儿小；可是也许是我的宽宏大量。我不便往自己脸上贴金。一件事总得由两面瞧，是不是？

对于我自己的作品，我不拿她们当作宝贝。是呀，当写作的时候，我是卖了力气，我想往好了写。可是一个人的天才与经验是有限的，谁也不敢保了老写得好，连河马也有打盹的时候。有的人呢，每一拿笔便想到自己是但丁，是莎士比亚。这没有什么不可以的，天才须有自信的心。我可不敢这样，我的悲观使我看轻自己。我常想客观的估量估量自己的才力；这不易做到，我究竟不能像别人看我看得那样清楚；好吧，既不能十分看清楚了自己，也就不用装蒜，谦虚是必要的，可是装蒜也大可以不必。

对做人，我也是这样。我不希望自己是个完人，也不故意的招人家的骂。该求朋友的呢，就求；该给朋友做的呢，就做。做得好不好，咱们大家凭良心。所以我很和气，见着谁都能扯一套。可是，初次见面的人，我可是不大爱说话；特别是见着女人，我简直张不开口，我怕说错了话。在家里，我倒不十分怕太太，可是对别的女人老觉着恐慌，我不大明白妇女的心理；要是信口开河地说，我不定说出什么来呢，而妇女又爱挑眼。男人也有许多爱挑眼的，所以初次见面，我不大愿开口。我最喜辩论，因为红着脖子粗着筋的太不幽默。我最不喜欢好吹腾的人，可并不拒绝与这样的人谈话；我不爱这样的人，但喜欢听他的吹。最好是听着他吹，吹着吹着连他自己也忘了吹到什么地方去，那才有趣。

可喜的是有好几位生朋友都这么说："没见着阁下的时候，总以为阁下有八十多岁了。敢情阁下并不老。"是的，虽然将奔四十的人，我倒还不老。因为对事轻淡，我心中不大藏着计划，做事也无须耍手段，所以我能笑，爱笑；天真的笑多少显着年轻一些。我悲观，但是不愿老声老气的悲观，那近乎“虎事”。我愿意老年轻轻的，死的时候像朵春花将残似的那样哀而不伤。我就怕什么“权威”咧，“大家”咧，“大师”咧，等等老气横秋的字眼们。我爱小孩，花草，小猫，小狗，小鱼；这些都不“虎事”。偶尔看见个穿小马褂的“小大人”，我能难受半天，特别是那种所谓聪明的孩子，让我难过。比如说，一群小孩都在那儿看变戏法儿，我也在那儿，单会有那么一两个七八岁的小老头说：“这都是假的！”这叫我立刻走开，心里堵上一大块。世界确是更“文明”了，小孩也懂事懂得早了，可是我还愿意大家傻一点，特别是小孩。假若小猫刚生下来就会捕鼠，我就不再养猫，虽然它也许是个神猫。

我不大爱说自己，这多少近乎“吹”。人是不容易看清楚自己的。不过，刚过完了年，心中还慌着，叫我写“人生于世”，实在写不出，所以就近的拿自己当材料。万一将来我不得已而做了皇上呢，这篇东西也许成为史料，等着瞧吧。

感谢和喜悦

废　名

我常常怀着感谢同时有极大的喜悦的感情，原因就是我从中国共产党受了教育。在解放以前我万万想不到在文学方面我还有这么多的工作可做，我以为我已经走进死胡同里面去了的。关键在于思想改造。1952年以后，我感到我的业务范围扩大了，同时仿佛水平也提高了，我跃跃欲试！一方面知道个人的能力有限，一方面确是前途大有可为。所以我于感谢共产党之外，又喜于自己有补过的勇气和信心。

我过去对中国古代的一些杰作，杜诗、《水浒传》、《红楼梦》，甚至对现代鲁迅的著作，都不懂得，想起来真是可怕的事！我说不懂得，不是不懂得它的语言，语言我倒是很懂得，就是不懂得它的意义。1952年10月以后，我开始想到孔夫子一句话，“温故而知新，可以为师矣”。那意思大约是说重读旧日读的书，而了解大不同了，能够有新的了解。我首先重读鲁迅的著作。我读到《华盖集》里面的一篇《并非闲话》(二)，真是掩卷深思，我懂得什么叫做立场问题了，过去我就不能懂得这个，鲁迅先生的伟大就因为他的立场总站在人民方面。那是1925年北京的事，两个美国兵打了中国的车夫和巡警，中国人民聚了百余人要打这两个美国兵，美国兵逃进东交民巷（半殖民地中国的外国使馆区域，驻有外国兵！）里面去了，中国人民当然就不能进去打，进去打就要惹出祸事来。中国的反动知识分子乃用“闲话”做题目讥笑中国人民：“打！打！宣战！宣战！这样的中国人，呸！”鲁迅先生的《并非闲话》(二)就是痛骂反动知识分子，我注意到里面这两句话：“他们为什么不打的呢，虽然打了也许又有人说是‘拳匪’。”鲁迅先生这时还没有接受马克思列宁主义，对义和团反帝国主义的性质还认识不清楚，在自己的文章里叙到义和团的事情还总是用“拳匪事件”字样，而一参加实际斗争，就站在义和团——人民的立场上来了！我读到这里，仿佛鲁迅先生今天教育了我，要懂得什么叫做立场，——其实是中国共产党教育了我！

重读杜诗，处处有新的问题，好比向来有名的《赠卫八处士》，我想，这首诗明明是同三“吏”、三“别”在同一年春天诗人在同一旅途当中写的，在《新安吏》里，“县小更无侗，”“次选中男行，”“肥男有母送，”“瘦男独伶俜，何以处士”家庭男女成行迎接来客很像《桃花源记》里面的世界呢？

这却是真实的历史，是地主阶级，“生常免租税，名不隶征伐”的历史。

我过去读《水浒传》很不佩服武松，现在丝毫也不是假装今日之我同昨日之我战，思想感情自然地变了，我真爱武松这个人物，《水浒传》写了武松报仇雪恨火一般的愤怒之后，特地来一场十字坡同孙二娘打架的描写，庄严诙谐，顶天立地，好一个英雄本色。不懂得这种文章之美者，无目者也。我过去就是“无目”，所以然还是立场的关系，感情不能站在武松这一面，就很容易受外国的资产阶级文学观点的毒。我现在想把《水浒传》好好地分析一番，把它的好处告诉青年读者。

当我最初读到批评俞平伯先生《红楼梦简论》的文章，受的启发真不小，那时我正在害眼病，禁不住托人买了《红楼梦》重新读了一遍。我笑我过去真是渺小。我记得我从前在北京大学做学生时不很看重《红楼梦》，原因是以为曹雪芹不懂得李商隐的诗，《红楼梦》里面说李商隐的诗只有“留得枯荷听雨声”一句好。这表现我的兴趣多么狭隘，那么佩服李商隐。我至少也写了十年的小说，正因为对于《红楼梦》的现实主义的精神望尘莫及，所以自己一事无成。

我还没有来得及系统地作文艺理论的研究，但个人的科学水平从几年来看报跟着大家一路提高了，我觉得我们现在一般的文艺爱好者比五四初期北京大学执教鞭的人要高一层。我自己现在说话能够不玄妙（过去就是玄妙，玄妙就是唯心！），能够说得具体，说得明白，仔细一想原来就不外“语言”，“形象”，“典型”几个范畴在那里发生作用，解决问题，多么真实，多么有趣啊！周扬同志在《建设社会主义文学的任务》的报告里提出建设我国的马克思主义的文艺理论的任务，我很想做一名志愿兵。

湖畔夜饮

丰子恺

前天晚上，四位来西湖游春的朋友，在我的湖畔小屋里饮酒。酒阑人散，皓月当空。湖水如镜，花影满堤。我送客出门，舍不得这湖上的春月，也向湖畔散步去了。柳荫下一条石凳，空着等我去坐。我就坐了，想起小时在学校里唱的春月歌："春夜有明月，都作欢喜相。每当灯火中，团团清辉上。人月交相庆，花月并生光。有酒不得饮，举杯献高堂。"觉得这歌词温柔敦厚，可爱得很！又念现在小学生，唱的歌粗浅俚鄙，没有福分唱这样的好歌，可惜得很！回味那歌的最后两句，觉得我高堂俱亡，虽有美酒，无处可献，又感伤得很！三个"得很"逼得我立起身来，缓步回家。不然，恐怕把老泪掉在湖堤上，要被月魄花灵所笑了。

回进家门，家中人说，我送客出门之后，有一上海客人来访，其人名叫CT，住在葛岭饭店。家中人告诉他，我在湖畔看月，他就向湖畔去找我了。这是半小时以前的事，此刻时钟已指十时半。我想，CT找我不到，一定已经回旅馆去歇息了。当夜我就不去找他，管自睡觉了。第二天早晨，我到葛岭饭店去找他，他已经出门，茶役正在打扫他的房间。我留了一张名片，请他正午或晚上来我家共饮。正午，他没有来。晚上，他又没有来。料想他这上海人难得到杭州来，一见西湖，就整日寻花问柳，不回旅馆，没有看见我留在旅馆里的名片。我就独酌，照例倾尽一斤。

黄昏八点钟，我正在酩酊之余，CT来了。阔别十年，身经浩劫，他反而胖了，反而年轻了。他说我也还是老样子，不过头发白些。“十年离乱后，长大一相逢，问姓惊初见，称名忆旧容。”这诗句虽好，我们可以不唱。略略几句寒暄之后，我问他吃夜饭没有。他说，他是在湖滨吃了夜饭，——也饮一斤酒，——不回旅馆，一直来看我的。我留在他旅馆里的名片，他根本没有看到。我肚里的一斤酒，在这位青年时代共我在上海豪饮的老朋友面前，立刻消解得干干净净，清清醒醒。我说：“我们再吃酒！”他说：“好，不要什么菜蔬。”窗外有些微雨，月色朦胧。西湖不像昨夜的开颜发艳，却有另一种轻颦浅笑，温润静穆的姿态。昨夜宜于到湖边步月，今夜宜于在灯前和老友共饮。“夜雨剪春韭”，多么动人的诗句！可惜我没有家园，不曾种韭。即使我有园种韭，这晚上也不想去剪来和CT下酒。因为实际的韭菜，远不及诗中的韭菜的好吃。照诗句实行，是多么愚笨的事呀！

女仆端了一壶酒和四只盆子出来，酱鸭、酱肉、皮蛋和花生米，放在收音机旁的方桌上。我和CT就对坐饮酒。收音机上面的墙上，正好贴着一首我写的，数学家苏步青的诗：“草草杯盘共一欢，莫因柴米话辛酸。春风已绿门前草，且耐余寒放眼看。”有了这诗，酒味特别的好。我觉得世间最好的酒肴，莫如诗句。而数学家的诗句，滋味尤为纯正。因为我又觉得，别的事都可有专家，而诗不可有专家。因为作诗就是做人。人做得好的，诗也做得好。倘说作诗有专家，非专家不能作诗，就好比说做人有专家，非专家不能做人，岂不可笑？因此，有些“专家”的诗，我不爱读。因为他们往往爱用古典，蹈袭传统；咬文嚼字，卖弄玄虚；扭扭捏捏，装腔作势；甚至神经过敏，出神见鬼。而非专家的诗，倒是直直落落，明明白白，天真自然，纯正朴茂，可爱得很。樽前有了苏步青的诗，桌上酱鸭、酱肉、皮蛋和花生米，味同嚼蜡，唾弃不足惜了！

生　命

沈从文

我好像为什么事情很悲哀，我想起“生命”。

每个活人都像是有一个生命，生命是什么，居多人是不曾想起的，就是“生活”也不常想起。我说的是离开自己生活来检视自己生活这样事情，活人中就很少那么做，因为这么做不是一个哲人，便是一个傻子了。“哲人”不是生物中的人的本性，与生物本性那点兽性离得太远了，数目稀少正见出自然的巧妙与庄严。因为自然需要的是人不离动物，方能传种。虽有苦乐，多由生活小小得失而来，也可望从小小得失得到补偿与调整。一个人若尽向抽象追究，结果纵不至于违反自然，亦不可免疏忽自然，观念将痛苦自己，混乱社会。因为追究生命意义时，即不可免与一切习惯秩序冲突。在同样情形下，这个人脑与手能相互为用，或可成为一思想家或艺术家，脑与行为能相互为用，或可成为一革命者。若不能相互为用，引起分裂现象，末了这个人就变成疯子。其实哲人或疯子，在违反生物原则，否认自然秩序上，将脑子向抽象思索，意义完全相同。

我正在发疯。为抽象而发疯。我看到一些符号，一片形，一把线，一种无声的音乐，无文字的诗歌。我看到生命一种最完整的形式，这一切都在抽象中好好存在，在事实前反而消灭。

有什么人能用绿竹作弓矢，射入云空，永不落下？我之想象，犹如长箭，向云空射去，去即不返。长箭所注，在碧蓝而明静之广大虚空。

明智者若善用其明智，即可从此云空中，读示一小文，文中有微叹与沉默，色与香，爱和怨。无著者姓名。无年月。无故事。无……然而内容极柔美。虚空静寂，读者灵魂中如有音乐。虚空明蓝，读者灵魂上却光明净洁。

大门前石板路有一个斜坡，坡上有绿树成行，长干弱枝，翠叶积叠，如翠等，如羽葆，如旗帜。常有山灵，秀腰白齿，往来其间。遇之者即喑哑。爱能使人喑哑——一种语言歌呼之死亡。“爱与死为邻”。

然抽象的爱，亦可使人超生。爱国也需要生命，生命力充溢者方能爱国。至如阉寺性的人，实无所爱，对国家，貌作热诚，对事，马马虎虎，对人，毫无情感，对理想，异常吓怕。也娶妻生子，治学问教书，做官开会，然而精神状态上始终是个阉人。与阉人说此，当然无从了解。

夜梦极可怪。见一淡绿百合花，颈弱而花柔，花身略有斑点青渍，倚立门边微微动摇。在不可知地方好像有极熟悉的声音在招呼：

“你看看好，应当有一粒星子在花中。仔细看看。”

于是伸手触之。花微抖，如有所怯。亦复微笑，如有所恃。因轻轻摇触那个花柄、花蒂、花瓣。近花处几片叶子全落了。

如闻叹息，低而分明。

雷雨刚过。醒来后闻远处有狗吠，吠声如豹。半迷糊中卧床上默想，觉得惆怅之至。因百合花在门边动摇，被触时微抖或微笑，事实上均不可能！

起身时因将经过记下，用半浮雕手法，如玉工处理一片玉石，琢刻割磨。完成时犹如一壁炉上小装饰。精美如瓷器，素朴如竹器。

一般人喜用教育身份来测量一个人道德程度。尤其是有关乎性的道德。事实上这方面的事情，正复难言。有些人我们应当嘲笑的，社会却常常给以尊敬，如阉寺。有些人我们应当赞美的，社会却认为罪恶，如诚实。多数人所表现的观念，照例是与真理相反的。多数人都乐于在一种虚伪中保持安全或自足心境。因此我焚了那个稿件。我并不畏惧社会，我厌恶社会，厌恶伪君子，不想将这个完美诗篇，被伪君子眼目所污渎。

百合花极静。在意象中尤静。

山谷中应当有白中微带浅蓝色的百合花，弱颈长蒂，无语如语，香清而淡，躯干秀拔。花粉作黄色，小叶如翠珰。

法朗士曾写一《红百合》故事，述爱欲在生命中所占地位，所有形式，以及其细微变化。我想写一《绿百合》，用形式表现意象。

月　下

沈从文

“求你将我放在你心上如印记，带在你臂上如戳记。”我念诵着雅歌来希望你，我的好人。

你的眼睛还没掉转来望我，只起了一个势，我早惊乱得同一只听到弹弓弦子响中的小雀了。我是这样怕与你灵魂接触，因为你太美丽了的缘故。

但这只小雀它愿意常常在弓弦响声下惊惊烽惶乱窜，从惊乱中它已找到更多的舒适快活了。

在青玉色的天里，那些闪闪烁烁底星群，有你底眼睛存在：因你底眼睛也正是这样闪烁不定，且不要风吹。

在山谷中的溪涧里，那些清莹透明底出山泉，也有你底眼睛存在：你眼睛我记着比这水还清莹透明，流动不止。

我侥幸又见到你一度微笑了，暴在那晚风为散放的盆莲旁边。这笑里有清香，我一点都不奇怪，本来你笑时是有种比清香还能沁人心脾的东西！

我见到你笑了，还找不出你的泪来。当我从一面篱笆前过身，见到那些嫩紫色牵牛花上负着的露珠，便想：倘若是她有什么不快事缠上了心，泪珠不是正同这露珠一样美丽，在凉月下会起虹彩吗？

我是那么想着，最后便把那朵牵牛花上的露珠用舌子舔干了。

怎么这人哪，不将我泪珠穿起？你必不会这样来怪我，我实在没有这种本领。我头发白的太多了，纵使我能，也找不到穿它的东西！

病渴的人，每日里身上疼痛，心中悲哀，你当真愿意不愿给渴了的人一点甘露喝？

这如像做好事的善人一样，可怜路人的渴涸，济以茶汤。恩惠将附在这路人心上，做好事的人将蒙福至于永远。

我日里要做工。没有空闲。在夜里得了休息时，便沿着山涧去找你。我不怕虎狼，也不怕伸着两把钳子来吓我的蝎子，只想在月下见你一面。

碰到许多打起小小火把夜游的萤火，问它，“朋友朋友，你曾见过一个人吗？”它说，“你找那个人是个什么样子呢？”

我指那些闪闪烁烁的群星，“哪，这是眼睛。”

我指那些飘忽白云，“哪，这是衣裳。”

我要它静心去听那些涧泉和音，“哪，她声音同这一样。”

我末了把刚从花园内摘来那朵粉红玫瑰在它眼前晃了一下，“哪，这是脸。”

这些小东西，虽不知道什么叫做骄傲，还老老实实听我所说的话。但当我问它听清白没有，只把头摇了摇就想跑。

“怎么，究竟见不见到呢？”——我赶着它追问。

“我这灯笼照我自己全身还不够！先生，放我吧，不然，我会又要绊倒在那些不忠厚的蜘蛛设就的圈套里……虽然它也不能奈何我，但我不愿意同它麻烦。先生，你还是问别个吧，再扯着我会赶不上她们了。”——它跑去了。

我行步迟钝，不能同他们一起遍山遍野去找你——但凡是山上有月色流注到的地方我都到了，不见你底踪迹。

回过头去，听那边山下有歌声飘扬过来，这歌声出于日光只能在墙外徘徊的狱中。我跑去为他们祝福：

你那些强健无知的公绵羊啊！

神给了你强健却吝了知识：

每日和平守分地咀嚼主人给你们的窝窝头，

疾病与忧愁永不凭附于身；

你们是有福了——阿们！

你那些懦弱无知的母绵羊啊！

神给了你温柔却吝了知识：

每日和平守分地咀嚼主人给你们的窝窝头，

失望与忧愁永不凭附于身；

你们也是有福了——阿们！

世界之霉一时侵不到你们身上，

你们但和平守分地生息在圈牢里：

能证明作主人底恩惠——

同时证明了你主人底富有；

你们都是有福——阿们！

当我起身时，有两行眼泪挂在脸上。为别人流还是为自己流呢？我自己还要问他人。但这时除了中天那边轮凉月外，没有能做证明的人。

我要在你眼波中去洗我的手，摩到你的眼睛，太冷了。

倘若你的眼睛这样冷，在你鉴照下，有个人的心会结成冰。

三月留念

史铁生

活着的事，大抵在两个方面：务实与务虚。缺其一，便可算得残疾。譬如一个家，家徒四壁势必难以为继，便是笃爱如牛郎织女者，也是“你耕田来我织布”地需要务实。但“生命诚可贵，爱情价更高”，若爱情没了，万贯家财很可能只是内战的火药捻；爱情，即务虚的一面。

现在的中国，是空前地务实起来了；市场经济正在淘汰着懒汉和清谈家，这真是个好兆头，没有人不盼望她从此富强。但这并不是说，她过去就多么地理解务虚，连年的文打武斗多不过是虚误罢了；爱情呀，人性呀，人道主义呀，都曾一度做过被唾弃的角色，可见务虚的方面也是多么荒芜。

辩论先务实还是先务虚，先谋生计还是先有爱的追寻，先增加财富还是先提高文明水平，似乎都是无聊的逻辑。房子有了而找不到爱情，或新娘来了再去借钱盖屋，都是极不幸的局面。为什么不能舍生忘死地爱着，同时又废寝忘食地建设家园呢？虚实相济才是好文章，才有最新最美的图画。

务实与务虚绝不相互抵触。劳累了一天，人们需要娱乐；奔波了一生，人们向它要求意义；作为五十亿分之一，每个人都有孤独和困苦，都希望这个世界上充满善意和爱情。在参天的大厦下和飞奔的轿车里，这些东西会不期而至吗？好像不会；名和利都可能会这样，唯善意和爱情是不能不由期盼来催生的。

在“俗人”成为雅号的时刻，倒是值得冒被挖苦的风险，做一回“雅士”的勾当。沉静地坐一会儿，到大厦之外的荒地上走一趟，凭心神去追回被冷淡了的梦想，风吹雨洒，会看见天堂尚远，而梦想未变。于是，虽得不住“俗人”的雅号，反惹一身“雅士”的俗气，心里也不计较了，觉着往前走去似乎有了底气。

多年的虚误，让理想背了黑锅。但理想的性质注定它不会吊死在一棵树上，注定它要发展和不可泯灭。说不要理想，那是可以理解的，因为不要理想正也是一种对理想寻求，但凡活着总是要往前走的，不可抹杀的时空保障了这一点；说不要理想，其实只是在发展着理想和丰富着前途。但说不要理想，毕竟是说错了。原本想说的很可能是：不要再清谈，不要再虚误吧。

人生的意义与价值

季羡林

当我还是一个青年大学生的时候，报刊上曾刮起一阵讨论人生的意义与价值的微风，文章写了一些，议论也发表了一通。我看过一些文章，但自己并没有参加进去。原因是，有的文章不知所云，我看不懂。更重要的是，我认为这种讨论本身就无意义，无价值，不如实实在在地干几件事好。

时光流逝，一转眼，自己已经到了望九之年，活得远远超过了我的预算。有人认为长寿是福，我看也不尽然。人活得太久了，对人生的种种相，众生的种种相，看得透透彻彻，反而鼓舞时少，叹息时多。远不如早一点离开人世这个是非之地，落一个耳根清净。

那么，长寿就一点好处都没有吗？也不是的。这对了解人生的意义与价值，会有一些好处的。

根据我个人的观察，对世界上绝大多数人来说，人生一无意义，二无价值。他们也从来不考虑这样的哲学问题。走运时，手里攥满了钞票，白天两顿美食城，晚上一趟卡拉OK，玩一点小权术，耍一点小聪明，甚至恣睢骄横，飞扬跋扈，昏昏沉沉，浑浑噩噩，等到钻入了骨灰盒，也不明白自己为什么活过一生。

其中不走运的则穷困潦倒，终日为衣食奔波，愁眉苦脸，长吁短叹。即使日子还能过得去的，不愁衣食，能够温饱，然而也终日忙忙碌碌，被困于名缰，被缚于利索。同样是昏昏沉沉，浑浑噩噩，不知道为什么活过一生。

对这样的芸芸众生，人生的意义与价值从何处谈起呢？

我自己也属于芸芸众生之列，也难免浑浑噩噩，并不比任何人高一丝一毫。如果想勉强找一点区别的话，那也是有的：我，当然还有一些别的人，对人生有一些想法，动过一点脑筋，而且自认这些想法是有点道理的。

我有些什么想法呢？话要说得远一点。当今世界上战火纷飞，人欲横流，“黄钟毁弃，瓦釜雷鸣”，是一个十分不安定的时代。但是，对于人类的前途，我始终是一个乐观主义者。我相信，不管还要经过多少艰难曲折，不管还要经历多少时间，人类总会越变越好的，人类大同之域决不会仅仅是一个空洞的理想。但是，想要达到这个目的，必须经过无数代人的共同努力。有如接力赛，每一代人都有自己的一段路程要跑。又如一条链子，是由许多环组成的，每一环从本身来看，只不过是微不足道的一点东西；但是没有这一点东西，链子就组不成。在人类社会发展的长河中，我们每一代人都有自己的任务，而且是绝非可有可无的。如果说人生有意义与价值的话，其意义与价值就在这里。

但是，这个道理在人类社会中只有少数有识之士才能理解。鲁迅先生所称之“中国的脊梁”，指的就是这种人。对于那些肚子里吃满了肯德基、麦当劳、比萨饼，到头来终不过是浑浑噩噩的人来说，有如夏虫不足以与语冰，这些道理是没法谈的。他们无法理解自己对人类发展所应当承担的责任。

话说到这里，我想把上面说的意思简短扼要地归纳一下：如果人生真有意义与价值的话，其意义与价值就在于对人类发展的承上启下，承前启后的责任感。

不完满才是人生

季羡林

每个人都争取一个完满的人生。然而，自古及今，海内海外，一个百分之百完满的人生是没有的。所以我说，不完满才是人生。

关于这一点，古今的民间谚语，文人诗句，说到的很多很多。最常见的比如苏东坡的词：

“人有悲欢离合，月有阴晴圆缺，此事古难全。”南宋方岳（根据吴小如先生考证）诗句：“不如意事常八九，可与人言无二三。”这都是我们时常引用的，脍炙人口的。类似的例子还能够举出成百上千来。

这种说法适用于一切人，旧社会的皇帝老爷子也包括在里面。他们君临天下，“率土之滨，莫非王土”，可以为所欲为，杀人灭族，小事一端，按理说，他们不应该有什么不如意的事。然而，实际上，王位继承，宫廷斗争，比民间残酷万倍。他们威仪然地坐在宝座上，如坐针毡。虽然捏造了“龙御上宾”这种神话，他们自己也并不相信。他们想方设法以求得长生不老，他们最怕“一旦魂断，宫车晚出”。连英主如汉武帝、唐太宗之辈也不能“免俗”。汉武帝造承露金盘，妄想饮仙露以长生；唐太宗服印度婆罗门的灵药，期望借此以不死。结果，事与愿违，仍然是“龙御上宾”呜呼哀哉了。

在这些皇帝手下的大臣们，“一人之下，万人之上”，权利极大，娇纵恣肆，贪赃枉法，无所不至。在这一类人中，好东西大概极少，否则包公和海瑞等决不会流芳千古，久垂宇宙了。可这些人到了皇帝跟前，只是一个奴才，常言道：伴君如伴虎，可见他们的日子并不好过。据说明朝的大臣上朝时在笏板上夹带一点鹤顶红，一旦皇恩浩荡，钦赐极刑，连忙用舌尖舔一点鹤顶红，立即涅槃，落得一个全尸。可见这一批人的日子也并不好过，谈不到什么完满的人生。

至于我辈平头老百姓，日子就更难过了。新中国成立前后，不能说没有区别，可是一直到今天仍然是“不如意事常八九”。早晨在早市上被小贩“宰”了一刀；在公共汽车上被扒手割了包，踩了人一下，或者被人踩了一下，根本不会说“对不起”了，代之以对骂，或者甚至演出全武行。到了商店，难免买到假冒伪劣的商品，又得生一肚子气，谁能说，我们的人生多是完满的呢？

再说我们这一批手无缚鸡之力的知识分子，在历史上一生中就难得过上几天好日子。只一个“考”字，就能让你谈“考”色变。“考”者，考试也。在旧社会科举时代，“千军万马独木桥”，要上进，只有科举一途，你只需读一读吴敬梓的《儒林外史》，就能淋漓尽致地了解到科举的情况。以周进和范进为代表的那一批举人进士，其窘态难道还不能让你胆战心惊，啼笑皆非吗?

现在我们运气好，得生于新社会中。然而那一个“考”字，宛如如来佛的手掌，你别想逃脱得了。幼儿园升小学，考；小学升初中，考；初中升高中，考；高中升大学，考；大学毕业想当硕士，考；硕士想当博士，考。考，考，考，变成烤，烤，烤；一直到知命之年，厄运仍然难免，现代知识分子落到这一张密而不漏的天网中，无所逃于天地之间，我们的人生还谈什么完满呢?

灾难并不限于知识分子：“人人有一本难念的经。”所以我说“不完满才是人生”。这是一个“平凡的真理”；但是真能了解其中的意义，对己对人都有好处。对己，可以不烦不躁；对人，可以互相谅解。这会大大地有利于整个社会的安定团结。